谷世榮著

中國文學簡述

中華書局印行

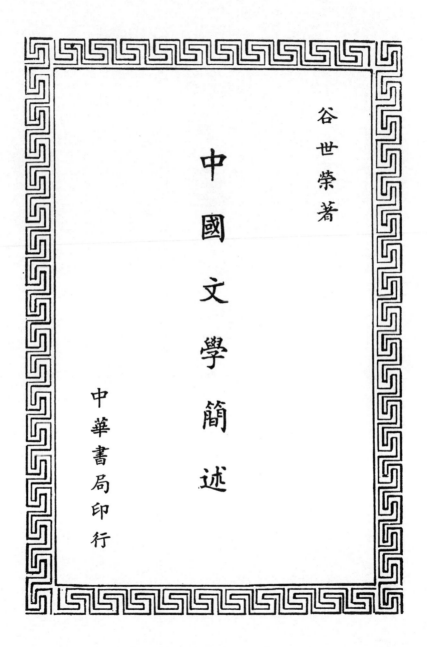

自序

文學是人類智慧的結晶，他反映着人類生活的動向，刻畫着人類文化進展的曲線，更爲民族精神所寄託。英國人常說：「英國寧可拋棄英倫三島，但不能拋棄莎士比亞。」這是由於莎士比亞的文學作品，爲英國民族精神所寄託，拋棄了他，比拋棄英倫三島來得更嚴重，英國人、看清了國土雖然一時拋棄，只要有民族精神存在，是隨時都可以恢復的；然而一旦拋棄了民族精神，國家就要陷於萬刼不復的境地，永遠做別人的奴隸，而不得翻身了。我們的智慧，決不遜於英國人，中國文學的價值，更是大得不可以估量，難道這一點我們能看不出嗎？不幸！近些年來，國人對於文學，已日漸忽視，致使充實豐富的文化遺產，很少有人探索。爲恢宏民族文化遺產，重振中國文學的光輝，實有待國人去努力。

韓愈倡「文以載道」之說，主張文學家的修養應該是「養其根而竢其實」，「行之乎仁義之途，游之乎詩書之源」，充分道出了文學的功用。今日我們欲喚醒民族靈魂，振興民族精神，珍視文學遺產實爲第一要務。然而，中國文學的歷史太長、作者太多、作品太繁，從事探究，實非易事；尤以一般青年學生，於斯不無隔閡，研習更屬困難。筆者於中等學校任敎有年，道途親履，略知癥結所在，爲便利學者，以最通俗、最淺顯、最扼要的叙述，編成中國文學簡述一書，內容以詩歌、辭賦、樂府、散文、詞曲、小說、戲曲、唱詞各成獨立的單元，作有系統的介紹，以供青年朋友研習，俾能略窺大體而得門徑。惟編者才識淺陋，謬誤之處在所難免，誠祈諸同好諸先進多多賜予指正。

谷世榮識於臺灣苗栗

中國文學簡述目次

中國文學簡述

第一章 總說

第一節 文學的意義

文學是文化的一部分，它可分廣狹二義來解說：

我國古時所謂文學，與現在所謂學術無異。如論語：「文學子游、子夏。」韓非子：「此世之所以多文學也。」又如秦蒙恬爲典獄官，史稱典獄文學。文學的範圍實包括思想、社會、藝術等都在內，可謂廣義的文學。至於章炳麟先生所說：「有文字著於竹帛叫做文；論其法式叫做文學。」則舉凡一切著述，都可謂之文學，也是廣義的解說。

晉代時，「文」「筆」對立。「文」指純文學，「筆」指雜文學：一般人以富於情思韻調，吟咏性靈，委曲婉達者，稱之爲「文」；即指詩、賦、樂府等作品而言。以直言事實，有理無情，有辭無韻者，呼之爲「筆」；就是小說、傳記、論評一類的文字。文學的範圍於是確立。

晉陸機文賦說：「詩緣情而綺靡，賦體物而瀏亮，……其會意也尚巧，其遣言也貴妍；暨音聲之迭代，若五色之相宣。」

梁蕭統文選序論選文的標準說：「若其贊論之綜緝辭采，序述之錯比文華，事出於沉思，義歸乎翰藻，故與夫篇什雜而集之。」

他們認爲文學應該是美文，必須是「緣情綺靡，體物瀏亮，事出沉思，義歸翰藻」的美文，才算是文學。文學的範圍，被局限得過於狹小了。

至於新的文學定義中，比較簡便而又最容易使人領會的一個，要算是胡適先生在什麽是文學一文裏，給文學所下的定義了。他說：「文學是達意表情的工具，達意達得好，表情表得妙，便是文學。」

第二節　文學的起源

文學起源於風謠。風謠爲情感的迸發，以言語表現出來的原始詩歌。班固漢書藝文志說：「哀樂之心感，而歌詠之聲發。」毛詩大序說：「詩者，志之所之也。在心爲志，發言爲詩。情動於中，而形於言；言之不足，故嗟歎之；嗟歎之不足，故永歌之；永歌之不足，不知手之舞之，足之蹈之也。」朱熹詩集傳序也說：「人生而靜，天之性也。感於物而動，性之欲也。夫既有欲矣，則不能無思；既有思矣，則不能無言；既有言矣，則言之所不能盡而發於咨嗟咏歎之餘者，必有自然之音響節奏而不能已焉。」這些話是解釋詩歌產生於情感的自然表現。由此探討，詩歌的起源，當遠在原始人類語言發生的時候。原始人類在懂得利用言語以後，便知道發爲合乎自然音響節奏的咨嗟咏歎，表達情感，於是詩歌便產生了。所以沈約也說：「歌詠所興，自生民始。」情感是與生俱來的，有人生卽有情感。所以文學是與生俱來的。或以爲文學的發生，早在文字出現之前，就是這個緣故。那麽，所謂「人類歷史之始，便是文學之始」當無疑義了。

就文學發生的程序來說，韻文的發達早於散文；而詩歌又是韻文中之最先發達者。人類專恃自然生活時代，解釋自然現象的種種神話，表現的方式，就用風謠。風謠中最多的是頌神詩和贊美自然的詩。風謠是以言語爲表現的工具，而詩歌表現的工具則用文字。風謠更進一步，即成詩歌。詩歌可說是原始的文學，因爲它是最先用文字寫成的文學。

中國周代以前的詩歌，因爲沒有文字的紀錄，已經湮滅無傳了。雖然呂氏春秋古樂篇載有「葛天氏之樂，三人操牛尾投足以歌八闋。」因未見著錄歌辭，實飄渺不足信。至於現在所傳唐堯時代的擊壤歌，虞舜時代的南風歌、卿雲歌等作品，據學者考證，又都是記錄於後世的僞書，全不可靠。所以，嚴格來說，我國現在所有用文字流傳的最古文學，應該首推詩經。

第三節　文學的性質

什麼是文學的性質？簡單的說，就是作品的風格問題，作者的意識問題，以及表現的方法問題。這許多問題，我們說它是文學性質的問題。

由作品的風格上去研究文學的性質，可分豪放的與婉約的兩派。這完全由於作者的個性關係所形成。大體來說，我國南方的人民，養成於經濟充裕，山明水秀，生活優美的環境中；往往吐出情絲縷縷，以柔婉勝人，作品大多是婉約的。被稱之爲兒女文學。北方的人民，則涵鍊於山河險阻，曠野穹廬，塞風關雪的區域內；表出勃勃的英邁豪氣，以爽快勝人，作品大部是豪放的。被稱爲英雄文學。兩者形成中國歷來文學上不同的性質，過去如此，現在如此，未來仍然將是如此的。

因爲作者的意識問題，而形成的不同性質，則有平民的與貴族的分別。這裏所說平民文學與貴族文學的分野，不是指作者的身份地位來說的；只要作者的意識是平民的，就是貴爲專制皇帝，他的作品，仍是屬於平民的一類。反過來說，作者的意識是貴族的，則他雖是一個平民，他的作品，也要列於貴族的文學裏。

就表現的方法上說，則可分爲理想的和寫實的兩類。作者以獨自怡悅的性情，超出塵世的人生觀，主觀的抒寫自己的胸襟與靈感，厭棄世俗的醜陋，反抗當時的時代，飄灑不羈的作品，可以說是理想的一類。反之，作者以客觀的抒寫社會眞象，順合時代的作品，我們說它是寫實的一類。

以上是文學性質的分類，常爲新興文學史家和文藝批評家所採用。至於有人把文學的性質分爲抒情、寫景、說理三類，是屬於作文法方面的事情，那是文學技術上的分類，並未以性質爲標準。

第四節　文學的體裁

中國文學發展於浩浩數千的年代裏，文學的體裁，隨着時代而在演變，加以古今學者文學觀念的不同，見解各異，所以頗不一致：

晉陸機文賦把文分爲：詩、賦、碑、誄、銘、箴、頌、論、奏、說等十類。

劉勰文心雕龍與顏之推家訓，又擴大爲二十類，爲：論、說、辭、序、詔、策、章、奏、賦、頌、歌、贊、銘、誄、箴、祝、記、傳、移、檄等。

梁蕭統文選，分詩文體裁爲三十九類，爲：賦、詩、騷、七、詔、冊、令、敎、策問、表、上書、啓、彈事、牋、奏記、書、移書、檄、難、對問、設論、辭、序、頌、贊、符命、史論、史述贊、論、連珠、箴、銘、誄、哀文、碑文、墓誌、行狀、弔文、祭文等。

清桐城派姚鼐編古文辭類纂，則歸納爲：論辨、序跋、奏議、詔令、書說、贈序、傳狀、碑誌、雜記、箴銘、頌贊、哀祭、辭賦等十三類。

後來曾國藩編經史百家雜鈔，依姚氏的分類，易爲三門十一類，即「著述門」包括論著、詞賦、序跋三類。「告語門」分爲詔令、奏議、書牘、哀祭四類。「記載門」分爲傳誌、叙記、典志、雜記四類。每類以經爲首，兼及史子，甚具科學眼光。

以上所舉分體數例，雖然他們各具苦心，各有見解，但大都以文章爲主，現代全不適用。我們斟酌中國文學的特殊情形，爲便於對中國文學作縱橫而的探討，如分中國文學爲：詩歌、樂府、辭賦、詞曲、小說、戲曲、唱詞、散文等八類，似較易於剖析。

第二章　中國最早的韻文作品

第一節　詩經

詩經本來只叫做詩，到戰國時代，儒家才尊稱爲經。它是我國最古的一部詩歌總集，作成的時代，大概從西周初年到春秋中期（約爲公元前一一二〇年到公元前五七〇年間），五百多年裏陸續完成。時代最晚的，離現在也有兩千五百年之久了。

史傳周代設置采詩的太史官，負責蒐集各地方的詩歌，藉以觀風俗知得失，采詩近五百年，得古詩三千餘首。後經孔子整理編訂，大部分的古詩都被刪掉了。現存的詩經共三百零五篇，劃分爲「頌」、「雅」、「風」三部。「頌」是純粹的廟堂文學，用以鋪張盛德，載歌載舞，以祭祀神祇的。「雅」可以說是朝廷的樂章文學，其言多「純厚典則」，爲燕享朝會時之用，大半是貴族士大夫作的，所以被稱爲「正音」。「風」乃是當時各國的民歌，計有十五國風，就是：一、周南，二、召南，三、邶風，四、鄘風，五、衛風，六、王風，七、鄭風，八、齊風，九、魏風，十、唐風，十一、秦風，十二、陳風，十三、檜風，十四、曹風，十五、豳風。詩經裏的詩歌，有的描寫戀愛，有的描寫戰爭，有的描寫當時農牧的情形，在寫作的技術上是異常樸素的。

詩經可以說是我國一部最古的純文學作品，其中國風一部分，分量最多，包括當時十五國的歌謠，這些民間歌謠裏，最多數的是婉轉淒切嬌美動人的戀歌，其他有至情流溢的悼歌，活潑如畫的農歌，眞是永遠不朽的好詩，且讓我們來欣賞幾首吧：

邶風靜女：

靜女其姝，俟我於城隅；愛而不見，搔首踟躕。
靜女其孌，貽我彤管；彤管有煒，說懌女美。
自牧歸荑，洵美且異；匪汝之爲美，美人之貽。

王風采葛：

彼采葛兮，一日不見，如三月兮！
彼采蕭兮，一日不見，如三秋兮！
彼采艾兮，一日不見，如三歲兮！

周南桃夭：

桃之夭夭，灼灼其華。之子于歸，宜其室家。
桃之夭夭，有蕡其實。之子于歸，宜其家室。
桃之夭夭，其葉蓁蓁。之子于歸，宜其家人。

詩經裏面的作品，這樣美妙的小詩實在很多。大部分是先有歌謠，後寫成文字，輾轉流傳，迭經修飾，所以有不少是集體的創作，指不出確實作者與寫作的年月。詩經的詩，爲了記憶歌唱的方便，句子力求簡單整齊，因而最多四字句。又爲配合樂律，反復歌詠，所以很多是用複沓的結構。

人們向來以「賦」、「比」、「興」之說，來詮釋詩經的格調和筆法。大體來說，「賦」是「直陳其事」；「比」是「比託於物，以此狀彼」；「興」是「託物興詞」。這樣的說法，雖則大概能講明詩經作法上的體例類別，然而却不能用來解釋詩經的藝術價值。我們惟有運用自己的靈感，從詩經的本身上去鑑賞詩的神韻，才能夠悟解詩經的最高文藝價值。

詩經在寫作藝術上的特點有五：第一，描寫的技術異常樸素，處處都能顯現出作者樸實無華的眞摯心情；第二，詩句多反復迴旋，而不嫌重複，含味雋永，餘韻無窮；第三，結構無一定規律，用句長短自由，自一言至九言皆用，不全是四言；第四，描寫多用象徵的具體的字句，不說抽象的話語；第五，詩的音韻多叶於自然的和諧的音節，兼具音樂的美。由於這些顯明的特色，詩經有了它最高的文藝價值，貢獻於後世文學者至大，在文學史上，具有絕對的權威和高貴的地位。

第二節　楚辭

我國南方文學，以文字傳於後世的第一部作品是楚辭。

楚辭繼詩經之後而產生，其顯然比詩經進步的地方，在於詩經只是簡短的歌謠，而楚辭則是每篇起碼數百字或長至數千字的韻文。詩經是以黃河流域爲中心，代表北方民族性的文學；楚辭是以長江中部爲中心，代表南方民族性的文學。詩經產生於征伐時代，楚辭產生於混戰時代。詩經的作品多出自平民，楚辭則多屬於貴族詩人的手筆。二者產生的時代、地域、作者都大不相同，所以作風也全異。

楚辭的最大特色，是富於浪漫的，神秘的思想。這或者是由於南方得天然的恩惠較厚，多高山、大澤、沃野、深林，人民謀生較易，故多流於冥思幻想，求解宇宙之謎。加以其俗信巫鬼，重淫祀，崇仰神明；環境如此，其表現自然要流於虛無的、浪漫的、神秘的境界。

楚辭的創造者是屈原。他是文學史上最初的一個大詩人，是照耀千古的第一個純文學者。步着屈原的後塵，而爲楚辭的作者的，在楚國尚有宋玉、景差、唐勒諸人。以宋玉爲著名。

屈原名平，據他自己在離騷裏說，名正則，字靈均，與楚同姓，爲楚國的貴族。生於公元前三四三年（寅年寅月寅日，即楚宣王二十七年）。因爲他「明於治亂，嫻於辭令」，具有政治上的特長，壯年就得楚懷王的信任，做到左徒的高位。眞是「入則與王圖議國事，以出號令；出則接遇賓客，應對諸侯」，聲勢顯赫一時。然而，這光榮的時代，過了不久，便以爲王造「憲令」，被讒見疏去職，退居漢北。等到懷王子頃襄王即位，終爲鄭袖、子蘭、靳尚等讒言所陷害，被放逐於江南，漂泊沅、湘，最後飲恨自投汨羅而死。

屈原的作品，據漢書藝文志所載，有二十五篇，今楚辭中也有二十五篇，但有很多是靠不住的。據歷代學者的嚴密考證，楚辭中眞正可信爲屈原的作品者，實只有：離騷、天問、九章（包括惜誦、涉江、哀郢、抽思、懷沙、思美人、惜往日、橘頌、悲囘風九篇）等十一篇。離騷與天問，都是很長的詩，其中最大的一篇是離騷，共三百七十餘句，二千四百六十字。可稱規模宏大，纏綿悱惻，眞切動人。且看離騷中最精采的一段：

朝發軔於蒼梧兮，夕余至乎縣圃。欲少留此靈瑣兮，日忽忽其將暮。吾令羲和弭節兮，望崦嵫而勿迫。路曼曼其修遠兮，吾將上下而求索。飲余馬於咸池兮，揔余轡乎扶桑。折若木以拂日兮，聊須臾以相羊。前望舒使先驅兮，後飛廉使奔屬。鸞皇爲余先戒兮，雷師告余以未具。吾令鳳凰飛騰兮，又繼之以日夜。飄風屯其相離兮，帥雲霓而來御。紛總總其離合兮，斑陸離其上下。吾令帝閽開關兮，倚閶闔而望予。時曖曖其將罷兮，結幽蘭而延佇。世溷濁而不分兮，好蔽美而嫉妒。朝吾將濟於白水兮，登閬風而緤馬。忽反顧以流涕兮，哀高丘之無女。溘吾遊此春宮兮，折瓊枝以繼佩。及榮華之未落兮，相下女之可貽。吾令豐隆乘雲兮，求宓妃之所在。解佩纕以結言兮，吾令蹇修以爲理。紛總總之離合兮，忽緯繣其難遷。夕歸次於窮石兮，朝濯髮乎洧盤。保厥美以驕傲兮，日康娛以淫遊。雖信美而無禮兮，來違棄而改求。覽相觀於四極兮，周流乎天余乃下。望瑤臺之偃蹇兮，見有娀之佚女。吾令鴆爲媒兮，鴆告余以不好。雄鳩之鳴逝兮，余猶惡其佻巧。心猶豫而狐疑兮，欲自適而不可。鳳凰既受詒兮，恐高辛之先我。欲遠集而無所止兮，聊浮遊以逍遙。及少康之未家兮，留有虞之二姚。理弱而媒拙兮，恐導言之不固。世溷濁而嫉賢兮，好蔽美而稱惡。閨中既邃遠兮，哲王又不悟。懷朕情而不發兮，余焉能忍而與此終古！

屈原以純潔忠貞的人格，遭到了自沉汨羅江而死的命運，他的苦悶憂傷，都表現在他的作品裏；在藝術的造詣上說，離騷實已臻入化之境了。誠如梁啓超所說：「幾千言一篇的韻文，在體格上已經是空前的創作。那波瀾壯闊，完全表出他氣魄的偉大；有許多話講了又講，正見得纏綿悱惻，一往情深。」楚辭中有了這樣成熟的作品爲模範，難怪後之辭賦家模來擬去受其局限了。

楚辭對於後世直接的影響，在作風方面流變而爲漢賦；在內容方面，靈巫的神話，影響於戲劇、小說，則是非常顯明的事。

宋玉的事蹟，古書中記載得太多了，我們不易辨別眞僞，只知他的生年與屈原的卒年相近，他的卒年與楚亡時相近，曾做過楚考烈王朝的官，但不久便失去了官職，而永遠做了一個寒士。他的作品，據漢書藝文志所載有十六篇，但現在已多數亡佚，無法考證究竟是那些篇了。就現存的看，最可靠的作品，是楚辭中的九辯與招魂兩篇。至於文選所載的風賦、神女賦、登徒子好色賦，古文苑所載的笛賦、大言賦、小言賦、諷賦、釣賦、舞賦等，多有出於後人僞託之嫌，是靠不住的。但我們只看九辯一篇，實已可知他偉大的地方，著稱的「悲秋」的典實，即出於此。

至於楚辭中景差的作品，只有大招一篇。而唐勒則雖漢書藝文志載其有賦四篇，可惜都已失傳了。

第三章　中國最早的散文作品

第一節　幾部最早的史書

尚書是中國最早的史書，相傳也是孔子編定的，所以後來被尊稱為經，共一百零二篇，後經秦火亡佚。漢初文帝獎勵文教；聞先秦博士濟南伏生為尚書學者，時已九十餘歲，不能行。乃使鼂錯往受之，伏生將尚書文口授給鼂錯，錯用隸文寫成二十八篇。宣帝時又增秦誓一篇，傳係由河內女子處得來。這一篇是秦穆公不聽蹇叔的話，伐鄭不利，反敗於晉，痛自鍼砭之作，文句飄逸，為古散文中有數的傑作。以上是為今文尚書。武帝（宣帝的祖父）時，魯恭王毀孔子故宅，孔安國竟於壁中發現了竹簡尚書十六篇，因為是用蝌蚪文寫的，所以稱為古文尚書；惜於晉永嘉間又失散不可復覩。東晉元帝時，古文尚書又為梅賾所偽託。現在所傳，乃合今古文為一書，且分裂篇數，故有五十八篇之多，通稱為尚書。但據考證其中有二十五篇是偽作。

左傳相傳為左丘明所著，亦名左氏春秋，是依仿春秋而作的史書，共三十五卷，為編年敘述。其編年記事，都以魯國史為中心，起自魯隱公元年（公元前七二二年），止於魯哀公二十七年（公元前四六八年），歷十二公，共二百五十五年；旁及春秋時代周、晉、齊、宋、楚、鄭、衛……等國事，博采各國史，名人家傳、卜書、夢書、占書等。記事詳贍，行文雅麗，有許多敘述，活躍得像小說一般，確是一部很好的散文。

國語據說也是左丘明的作品，可證明於司馬遷的史記自序，班固的漢書司馬遷傳贊、漢書律歷志，劉熙釋名，王充論衡等。其內容採錄周穆王十二年（公元前九九〇年），至周貞定王十六年（公元前四五三年）五百三十七年間各國成敗及嘉言善語而成，共二十一卷，包括周、魯、齊、晉、鄭、楚、吳、越等八國重要史事。左傳是編年的，國語則是分國敘述，其描寫技術，雖較左傳爲弱，然亦頗多動人之處。

戰國策本來有國策、國事、短長、事語、長書、書策等六種名稱。西漢劉向以爲大都是戰國時策士爲國君所謀劃的策略，所以編定後定名爲戰國策。全書凡三十三卷，無作者姓氏。它的內容，專述戰國時各國大事，起於周貞定王十七年（公元前四五二年），止於秦始皇三十七年（公元前二一〇年）。所記有周、秦、齊、楚、趙、魏、燕、宋、衞、中山諸國大事。取材精采，描寫高妙，可比美歷史小說。尚書的文字素樸簡拙，代表中國最早散文的格式。左傳有許多敘述活躍得像小說一般。國語中亦頗有動人的敘述。而戰國策的文字，則雄肆豪放，取材精采，描寫緊湊逼眞。後來東周列國志演義小說，便是大部分根據這些材料寫成的。

第二節　幾部最早的子書

儒家的孟子、荀子，道家的莊子，墨家的墨子，法家的韓非子，雖然也談哲理，但文字汪洋放肆，或鋪敘綺麗，或辭氣雄渾，的確把散文的技術，發展到相當的高度，影響後世散文作家很大，成爲散文史上不可泯滅的作品。

孟子，兩漢人相傳，都說是孟子本人所作。孟子名軻，字子輿，戰國時鄒人。史記孟子荀卿列傳說：「孟軻……遊事齊宣王，宣王不能用；適梁，梁惠王不果所言，則見以爲迂遠而闊於事情。……是以所如者不合，退而與萬章之徒序詩書述仲尼之意，作孟子七篇。」東漢時，趙岐的孟子題辭，應劭的風俗通，都說是孟子於不得志於政治後，退與弟子萬章、公孫丑等著書。唐朝的韓愈在答張籍書裏說：「孟軻之書，非軻自著。軻既沒，其徒萬章、公孫丑相與記軻所言焉。」近代學者梁啓超先生等研究的結果，也認爲孟子大約是孟子的弟子萬章、公孫丑等所編，一部分曾經孟子刪訂過。

孟子據漢書藝文志所載爲十一篇。趙岐孟子題辭說：「…外書四篇，性善、辯文、說孝經、爲政，其文不能宏深，不能與內篇相似，似非孟子眞本，後人依倣而託也。」今傳孟子凡七篇，篇分上下，共二百六十一章，三萬四千六百八十五字。七篇的名稱爲：梁惠王、公孫丑、滕文公、離婁、萬章、告子、盡心。全書內容，爲當時遊說各國，勸君主行仁義輕功利，及與諸王、時人、弟子問答的記錄。取材精嚴，譬喻美切，文字奔放閎肆，實爲散文上的傑作。

荀子爲荀子所作。荀子名況，戰國時趙人，時人尊稱爲荀卿或孫卿。約生於公元前四世紀末葉，幼治儒家之學，推崇孔子，博通典籍，是儒家的大思想家，可與孟子並稱爲儒家兩大宗。其書原爲漢劉向所輯，凡三十二篇，名孫卿新書。唐楊倞作注，始省稱爲荀子。荀子並不是各篇全是荀況一人所作，其中如儒效、議兵、强國等篇，皆稱孫卿子，可知或出於門人弟子所記錄。荀子的文章，是很謹嚴的，不如孟子的雄肆奔放，缺乏詞藻，不富想像，所以對於後代的散文並沒有多大的影響。

莊子爲莊子所作。莊子名周，字子休，戰國時宋人。與孟子同時，他是個最達觀的人，高才博學，不慕榮利，工文章名動天下。史記老莊申韓列傳說，莊子著書十餘萬言。漢書藝文志載莊子五十二篇，今只傳三十三篇，計內篇七，外篇十五，雜篇十一。但除內篇可信爲莊子本人所作外，其餘大都不可靠，大約也是門人記錄或後世僞託的。莊子的文章，見事既明，說理尤切，設譬取喻，往往悠謬秘奧，極盡神話寓言之趣。在戰國時期的散文中，是與孟子稱爲兩大家的。

墨子相傳爲墨子所著。墨子姓墨名翟，他的生卒年代不詳。史記孟荀列傳說：「並孔子時，或曰在其後。」後人根據他所交遊的人物，和墨子中所反映的天下形勢，有種種推測，較可信的說法是：約生於周敬王三十年（公元前四九〇年）左右，卒於周威烈王二十三年（公元前四〇二年）以前。他的本籍也有宋、楚、魯的種種說法，根據墨子中所載的事實考證，墨子爲魯人之說，實屬可信。如貴義篇說：「子墨子自魯卽齊。」「子墨子北至齊。」「子墨子南遊於衞。」公輸篇說：「子墨子聞之自魯往，裂裳裹足，日夜不休，行十日十夜而至於郢。」魯問篇說：「越王爲公尙過束車五十乘以迎子墨子於魯。」各種活動均以魯爲中心，可爲參考。

墨子少年貧困，出身於工匠，受學於周史角之後人，習儒家之業，熟讀詩書春秋，感覺種種不滿。鑒於當時戰禍日烈，人慾橫流，士習偷惰，而上考史傳，欲矯正時弊，自創一種學說，以勤勞天下利濟萬民之夏禹爲理想人物。墨子學說與儒家學說顯然不同之點爲：儒家重正名，墨子崇實用；儒家罕言鬼神，墨子倡明鬼；儒家教人以知命安命，墨子倡非命；儒家以禮樂爲治國要具，墨子倡非樂節用節葬之說；儒家明貴賤辨親疏，墨子則主張兼愛交利。至於務在矯世救世，不計一己禍福的精神，則是儒家與墨子相同之點。墨子在學術界的地位，於戰國時代是和孔子齊名的，無論贊成他的或是不贊成他的，都佩服他爲救世界而奮鬭的精神與才氣。

墨子據漢書藝文志所載爲七十一篇，今存五十三篇，則有十八篇業已散佚。該書大多爲門人所追記，後人僞託的亦不會少。雖非全爲墨子所自作，文字則素樸勁捷，警切動人。

韓非子爲韓非所作。韓非是戰國時韓國的諸公子，約生於韓釐王十五年（公元前二八一年）左右，初與李斯師事荀卿。韓非少有大志，想在政治上有所貢獻，研究刑名法術之學，探討申不害、商鞅的成就。學成之後，屢次以行法治致富强的主張，上書韓王，韓王總不肯用他。於是發奮著書，作孤憤、五蠹、內外儲說、說林、說難等十餘萬言。他的書流傳很廣，秦始皇看了讚歎說：「寡人得見此人，與之遊，死不恨矣。」後來秦始皇欲得韓非而攻韓國，韓王想利用他交涉緩兵，非遂入秦，但終爲李斯、姚賈聯合讒害，死於獄中。（非下獄後，李斯派人贈以毒藥，勸令自殺的。）

韓非子本稱爲韓子。以別於唐韓愈，宋以後始稱今名。漢書藝文志稱五十五篇，與今本同，析爲二十卷。其書雖大部爲韓非所自著，但其中也有幾篇是後人僞託的。他主張法治主義，不作消極之言，一本於實際。作文嚴峭峻利，緻密深切，爽直痛快，壁壘森嚴，所引故實，實亦可信，益增加讀者的興趣。所以有人說諸葛亮、蘇洵、張居正等，學術與文章的成就，都深得於此書。

此外，秦李斯所作諫逐客書等，亦極鋪敘綺麗，辭氣雄渾，雄辯動人，也是古代文學史上散文的傑

第四章 詩歌

第一節 概說

這裏所講的詩歌，僅是狹義的詩；包括着從前所謂古詩與近體詩。古詩是指漢、魏、六朝所作的五七言詩而言。近體詩則指唐人所創律詩和絕句。這兩種詩體，向來被稱爲詩歌的正宗，佔據着數千年詩壇的勢力。

古詩和近體詩的不同之點，在於古詩的句數沒有限定，近體詩則有一定的限制；古詩不講平仄與對偶，可以隨便換韻，近體詩則必須循一定的格律。

近體詩有五言、六言、七言之分，常用的祇爲五言及七言兩體。五言的叫做五言律詩，七言的叫做七言律詩。每首都是八句。一二句名「起聯」，也可以叫做「發句」；三四句名「領聯」；五六句名「頸聯」；七八句名「尾聯」、名「落句」、名「結句」均可。其中領聯與頸聯必須講對仗，起聯與尾聯則不限定。全首必須一韻到底，不能換韻。

五七言律詩的組織如下：

	七律平起正格：	七律仄起偏格：
起聯	平平仄仄仄平平 仄仄平平仄仄平	仄仄平平仄仄平 平平仄仄仄平平

頷聯	仄仄平平平仄仄 平平仄仄仄平平	平平仄仄平平仄 仄仄平平仄仄平
頸聯	平平仄仄平平仄 仄仄平平仄仄平	仄仄平平平仄仄 平平仄仄仄平平
尾聯	仄仄平平平仄仄 平平仄仄仄平平	平平仄仄平平仄 仄仄平平仄仄平

	五言仄起正格：	五言平起偏格：
起聯	仄仄平平仄 平平仄仄平	平平平仄仄 仄仄仄平平
頷聯	平平平仄仄 仄仄仄平平	仄仄平平仄 平平仄仄平
頸聯	仄仄平平仄 平平仄仄平	平平平仄仄 仄仄仄平平
尾聯	平平平仄仄 仄仄仄平平	仄仄平平仄 平平仄仄平

絕句每句的字數與律詩相同，每首則只有四句。向來以爲截取律詩中任何四句而成，故名之爲絕句。文體明辨說：「凡後兩句對者是截前四句；前兩句對者是截後四句；全篇皆對者是截中四句；皆不

對者是截首尾四句。」

第二節　漢、魏、六朝的詩歌

古詩直接來自詩經。它們的不同之點，僅在於詩經裏的詩都能合樂，而古詩則不合樂，只能吟咏。古詩的句法有四言、五言、七言的不同，在漢、魏、六朝時，三體都同樣應用，後來則多用五言和七言。五言古詩發軔的眞實時代是東漢。舊說枚乘等作的古詩十九首，爲五言詩之始，或云李陵、蘇武的河梁贈答等詩，爲五言詩的先導；經考證實都是僞作。雖然徐陵編玉臺新詠，把古詩十九首中的行行重行行、靑靑河畔草、西北有高樓、涉江采芙蓉、庭中有奇樹、迢迢牽牛星、東城高且長、明月何皎皎等八首，和古詩十九首以外的蘭若生春陽，定爲枚乘所作。但在徐陵之前，蕭統的文選中錄古詩十九首，沒題作者姓名；鍾嶸的詩品裏有「古詩眇邈，人世難詳」的話。更往上說，東漢班固的漢書枚乘傳裏，也沒有這一記錄。所以古詩十九首傳爲枚乘等所作，是靠不住的。至於李陵、蘇武的詩，我們從劉勰文心雕龍明詩篇裏所說「……至成帝（西漢末年），品錄三百餘篇，朝章國采，亦云周備；而辭人遺翰，莫見五言，所以李陵、班婕妤見疑於後代也」的一段話，可以證明不是他們自己的作品。

古詩十九首，大概是許多人不同時代的作品，大率爲逐臣、棄妻、朋友闊絕、死生新故所感的詩，可說懇摯親切，委婉纏綿，反覆低徊，抑揚不盡。玆錄其二首如下：

行行重行行

行行重行行，與君生別離，相去萬餘里，各在天一涯。道路阻且長，會面安可知？胡馬依北風，越鳥巢南枝。相去日已遠，衣帶日已緩。浮雲蔽白日，遊子不顧返。思君令人老，歲月忽已晚。棄捐勿復道，努力加餐飯。

明月何皎皎

明月何皎皎，照我羅牀帷。憂愁不能寐，攬衣起徘徊。客行雖云樂，不如早還歸。出戶獨彷徨，愁思當告誰？引領還入戶，淚下霑裳衣。

無名氏的五言詩，描寫技術佳美的作品很多，下面我們再欣賞一首敘事詩：

上山採蘼蕪

上山採蘼蕪，下山逢故夫。長跪問故夫：「新人復何如？」「新人雖言好，未若故人姝。顏色類相似，手爪不相如。新人從門入，故人從閤去。新人工織縑，故人工織素。織縑日一匹，織素五丈餘。將縑來比素，新人不如故。」

這首詩雖然僅僅八十個字，但已充分地寫出了一幅家庭悲慘遭遇。在描寫的技術上說，可謂大有驚人的地方。

東漢詩歌可考的作者，有應亨、班固、秦嘉、高彪、蔡邕、趙壹、酈炎、蔡琰等八人。但五言詩正式成立，却應在曹操、曹丕、曹植曹氏父子，以及「建安七子」孔融、陳琳、王粲、徐幹、阮瑀、應瑒、劉楨等人出來以後。曹氏父子，都是天生多才的文學家，又復敬愛文士；以帝王的資格，來提倡文學，使「天下才人，競集魏都」，文學大盛。

曹操（一五五——二二〇）字孟德，沛國譙人。他是漢末政治上的怪傑，也是文學界有數的作家，他的詩大都是樂府。有的作品力道甚足，風格甚高，雄姿豪放，悲壯淋漓。

曹丕（一八七——二二六）字子桓，是曹操的長子。他在政治上是一位大野心家，篡奪了漢朝的帝位，但他的作品却沒有一點兒雄勁之氣，風調清綺閑雅，婉約風流。

曹植（一九二——二三二）字子建，是曹操的第三子。相傳他十歲即善屬文，有「七步成章」的佳話。他是五言詩的第一位偉大作家，是建安期文壇的大權威。鍾嶸詩品列他的詩爲上品，並稱道說：「骨氣奇高，詞彩華茂，情兼雅怨，體被文質。」

「建安七子」都是漢末的著名文士，在詩歌上講，以劉楨、王粲兩人爲最佳；劉楨（？——二一七）字公幹，東平人。他的詩風格跨俗，多具奇氣，抒寫或慷慨磊落，或輕妙秀麗。鍾嶸詩品說：「自陳思已下，楨稱獨步。」（陳思即曹植，植封陳王，卒謚思，世稱陳思王。）可知他的詩是很高貴的。王粲（一七七——二一七）字仲宣，山陽高平人。他曾眼見過西京亂離，自傷情多，抒寫亂世情景，都極沉痛。他的詩雖不如劉楨，但也有相當的價值。

正始詩人，有阮籍、嵇康、向秀、劉伶、王戎、山濤、阮咸，號稱「竹林七賢」，以阮籍爲其中最大的作家。阮籍（二一〇——二六三）字嗣宗，陳留尉氏人。他是建安七子之一的阮瑀的兒子，志氣宏放，任性不羈，喜喝酒，彈琴，愛讀老、莊。他是以八十二首詠懷詩著稱的，所寫都是五言的抒情詩，或寫他心頭的牢騷、憤懣，或表出他怪僻的思想。他的詩全不粉飾，作風可說樸素自然。

西晉詩壇，重要作家有張華、張載、張協、陸機、陸雲、潘岳、潘尼、左思等八人。稱爲「三張、二陸、兩潘、一左。」其中左思是較偉大的作家。左思（二五〇？——三〇五？）字太沖，臨淄人。他的作品，流傳不多，其詠史詩八首，是此一時期內有數的傑作。沈德潛說詩晬語說：「左太沖拔出於衆泥之中，胸次高曠，而筆力足以達之，自應盡掩諸家。」可見他的詩是壓倒所有太康時期的名詩人的。東晉初期，詩歌的成績無可稱道者。鍾嶸詩品說：「永嘉時（三〇七——三一三），貴黃、老，稍尙虛談；於時篇什，理過其辭，淡乎寡味。爰及江表（東晉），微波尙傳。孫綽、許詢、桓、庾諸公，詩皆平典似道德論，建安風力盡矣。」詩人僅劉琨和郭璞爲詩壇的健者。但到了東晉末年，却產生了一位偉大的詩人——陶潛。

劉琨（二七一——三一八）字越石，中山魏昌人。幼負大志，有縱橫之才。曾在彊場上立過功績，後被劉聰所敗，並害了他的父母。他是一位失敗的英雄，蒙難後所作的答盧諶、重贈盧諶、扶風歌等詩三首，尤爲出色。可說風調清剛悲壯。鍾嶸評爲：「善爲悽戾之詞，自有清拔之氣。」

郭璞（二七七——三二四）字景純，河東聞喜人。他是一個讀書很博的人，長於詩賦。他的傑作遊仙詩十四首，最爲有名。

陶潛（三六五——四二七）字淵明，潯陽柴桑人。一說他原名淵明，字元亮，晉亡後，始改名潛。自號五柳先生，卒後友人私謚曰靖節。人格高潔，學問淵博，爲人不慕榮利，好讀書，性嗜酒，喜種菊花。是最有名的隱逸田園的詩人。他的詩見存的約一百五十首，各篇年代大都可考，以歸田園居、飲酒諸詩爲最傑出。今舉二例以資欣賞：

歸田園居其三

種豆南山下，草盛豆苗稀。晨興理荒穢，帶月荷鋤歸。道狹草木長，夕露沾我衣。衣沾不足惜，但使願無違。

飲酒其四

結廬在人境，而無車馬喧。問君何能爾？心遠地自偏。採菊東籬下，悠然見南山。山氣日夕佳，飛鳥相與還。此中有眞意，欲辯已忘言。

古今文人對於陶潛的讚美，是不勝例舉的。鍾嶸詩品說：「其源出於應璩，又協左思風力。文體省淨，殆無長語。篤意眞古，辭興婉愜。每觀其文，想其人德。至於『歡言酌春酒』，『日暮天無雲』，風華清靡，豈直爲田家語耶？古今隱逸詩人之宗也。」蘇軾序陶潛的詩集說：「吾於詩人無所好，獨好淵明詩。淵明作詩不多，然質而實綺，癯而實腴。自曹、劉、鮑、謝、李、杜諸人，皆不及也。」

陶潛是中古期內第一流的偉大詩人，唐、宋詩人中，如王維、孟浩然、韋應物、王安石、蘇軾等，都學他的田園詩。他的詩用俚俗的文字，作最樸素自然的描寫；給與後世詩壇的影響至大。他是中國詩史上著名的自然派詩人，唯一的偉大的古詩作者。

南北朝的詩，是由古詩到近體詩的過渡，詩體由自然而趨於雕琢。四聲八病之說，倡於斯時，使詩的格律漸漸成就。這一時期的詩人，宋有謝靈運、顏延之、鮑照等。齊、梁、陳間詩人，著名的初有謝脁、任昉、沈約、陸倕、范雲、蕭琛、王融、蕭衍諸人。後繼者則爲何遜、陰鏗、徐陵、庾信、江淹、吳均、王褒、柳惲、邱遲、江總等。而以謝靈運、鮑照、謝脁、沈約、庾信諸人爲重要。

謝靈運（三八五——四三三）陳郡陽夏人。是名將謝玄之孫，襲封康樂公。性豪奢，愛遊山玩水。他的作品，內容方面以山水爲主，形式方面以雕琢爲貴。

鮑照（四一五？——四七〇？）字明遠，東海人。初爲中書舍人，後爲參軍，死於兵亂。他的詩奔放俊逸，絕無浮靡之風，實較謝詩要高一籌。可惜他在當代的文學地位不高。

謝朓（四六四——四九九）字玄暉，陳郡陽夏人。曾爲宣城太守，世稱謝宣城。他的詩譽很高，極爲當時的蕭衍、沈約所稱讚。蕭說：「三日不讀，即覺口臭。」沈說：「二百年來無此詩也。」清王士禎論詩絕句說唐代詩人李白：「白紵青衫魂魄在，一生低首謝宣城。」可見他的詩亦爲李白所欽佩。

沈約（四四一——五一三）字休文，吳興武康人。他聰明過人，幼孤貧，篤志好學，晝夜不倦。他在作詩方面，提倡了「四聲」「八病」之說，演成唐代「律絕」詩的體裁。「四聲」便是平、上、去、入，「八病」便是平頭、上尾、蜂腰、鶴膝、大韻、小韻、旁紐、正紐，這在文學上可以說是創造，然而却給詩人們增加了不少拘束。

庾信（五一三——五八一）字子山，南陽新野人。他是南朝的貴族，聘使於北周，被留長安，不肯放還，後爲北朝顯貴。他的詩因受北朝文學的影響，另成一格。雖然在作風方面先後互異，但詩的音節却始終是異常和諧的。杜甫稱他的詩爲「清新」、「老成」。

第三節　詩的黃金時代

唐代是詩歌的黃金時代。據全唐詩不完備的記錄，就有詩人二千二百餘家，詩四萬八千九百餘首之多，已超越過去一千多年詩史的總成績。就數量的發展上說，實在驚人。唐詩的內容格外豐富，詩人們有的寫田園的優閒，有的寫戰爭的痛苦，有的寫對酒當歌的狂歌，有的寫憂時傷世的史詩，也有的寫穠艷綺麗的情詩，更有的寫平白素樸的俗歌。在成績與造詣上說，實已臻於盡美盡善的境界。唐代的詩，在內容上以唐玄宗天寶十四年（七五五）安、史之亂爲關鍵，分成顯然不同的兩個階段。安、史之亂以前，大都是歌功頌德，寫景抒情，飲醇酒近婦人的作品；亂起以後，詩的內容多寫亂離中的痛苦，社會的病象。我們講述中國文學，似應依此分期；但向來講唐詩，都是依據明高棅唐詩品彙的主張，分爲初唐、盛唐、中唐、晚唐　四期。初唐指唐初至中宗神龍之間，盛唐指玄宗開元、天寶之間，中唐指代宗大歷至憲宗元和之間，晚唐指文宗開成以後，直至唐末。茲依此分期略述於後：

初唐的詩，幾乎完全承襲六朝的遺風。當時最享文譽的，首推王勃、楊炯、盧照鄰、駱賓王等四人，稱爲「唐初四傑」。楊炯（六五○——七○○？）華陰人。王勃（六四七——六七五）字子安，絳州龍門人。盧照鄰（六五○——六九○？）字昇之，幽州范陽人。駱賓王（六五○？——六八四？）婺州義烏人。他們的詩，在風格上的特點是：音調婉媚，詞句秀麗。

繼四傑而稱覇詩壇的，是沈佺期、宋之問兩人。他們是律詩的完成者，唐書說：「魏建安後訖江左，詩律屢變。至沈約、庾信以音韻相婉附，屬對精密。及之問、佺期，又加靡麗，回忌聲病，約句準篇，如錦繡成文，學者宗之，號爲沈、宋。」五言律詩至沈、宋而益臻成熟；七言律詩的體式，亦至沈、宋而創製完成。沈佺期（六五○？——七一五？）字雲卿，相州內黃人。宋之問（六五○——七一二）字延清，汾州人。

與沈、宋同時的詩人，有李嶠、蘇味道、崔融、杜審言，號稱「文章四友」；又有賀知章、包融、張旭、張若虛四人，號稱「吳中四士」。諸人中最有名的是李嶠，他的一首汾陰行，玄宗讀了以後，嘆爲「眞才子」。

陳子昂、張九齡被稱爲復古詩人，作品一掃華艷的詩風，擻開詞藻，注重意境。陳子昂（六五六—六九八）字伯玉，梓州射洪人。他是自覺的主張復古的人，所作感遇詩三十八首，最爲膾炙人口。張九齡（六七三——七四〇）字子壽，曲江人。他的感遇詩十二首，毫無綺艷之風，極爲樸素。

至於王績、王梵志、寒山、拾得等人，則是此一時期的白話詩人，也是我們不應忘懷的。

盛唐時期的詩人，都有旺盛的天才，和極强烈的創造精神，造成蓬勃的氣象，使詩成了全唐文學的中心。盛唐詩的好處，在於不甚考究形式格律，注重詩歌內容的充實。宋嚴羽的滄浪詩話讚美盛唐詩的好處說：「盛唐諸人，惟在興趣。羚羊掛角，無跡可求，故其妙處，透徹玲瓏，不可湊泊，如空中之音，相中之色，水中之月，鏡中之象，言有盡而意無窮。」這一段話雖然神秘了一點，但却道出了詩的妙處與偉大。

李白是這一時期的偉大詩人，號稱「詩仙」。杜甫的詩造詣至高，論者稱之爲「詩聖」。李白的詩出之以天才，不假雕琢，下筆千言，而流於豪放。杜甫則出之以經驗學問，辛苦吟咏，極力錘鍊，以入於深刻。至於王維、孟浩然、高適、岑參、則稱「王、孟、高、岑」四家。此外，著名詩人尚有：崔顥、王灣、常建、賈至、儲光儀、王之渙、王昌齡等。茲將重要者分述如後：

李白（七〇一——七六二）字太白，自號青蓮居士，本是隴西成紀人，生長於蜀。自幼就有逸才，志氣宏放，十歲能通詩書，讀百家。稍長，能作賦，又好劍術。二十歲左右隱居岷山。天寶初，因道士吳筠的薦舉，被召至京師。雖爲玄宗所敬重，但因他賦性縱浪，爲宮廷寵幸所不容，未克顯達。安、史亂起，他曾遭受挫折。晚年肆意於遊山玩水，寄情於詩酒。卒於代宗寶應元年，年六十二。

李白是一個富有熱情的浪漫詩人，天才豪放，出口成章。他的詩極其自然，使人讀了極覺爽口悅耳。眞是隨着興趣與靈感，筆之所到，無不佳妙。請看以下數詩：

登金陵鳳凰臺

鳳凰臺上鳳凰遊，鳳去臺空江自流。吳宮花草埋幽徑，晉代衣冠成古丘。三山半落靑天外，二水中分白鷺洲。總爲浮雲能蔽日，長安不見使人愁。

下江陵

朝辭白帝彩雲間，千里江陵一日還。兩岸猿聲啼不住，輕舟已過萬重山。

獨坐敬亭山

衆鳥高飛盡，孤雲獨去閑。相看兩不厭，只有敬亭山。

我們讀了他的詩，便體會到他的天才是如何的活躍，氣魄是如何的雄厚。作品的風格是如何的自由肆放豪邁不羈。無怪李白博得「詩仙」的美譽了。

杜甫（七一二——七七〇）字子美，河南鞏人。幼家貧很好學，七歲能作詩，十五歲便與文士們相酬應。二十歲起漫遊吳、越、齊、晉、趙，歷十餘年。三十九歲時，獻三大禮賦，爲玄宗所賞識，以後他便開始做官。安祿山之亂，他曾陷於賊中。脫險後，肅宗授爲左拾遺，後來又有幾次播遷。晚年入蜀，嚴武表他爲節度參謀，檢校工部員外郎。武死後，他離蜀東下，厭棄官場，流浪而終。

杜甫和李白是中國詩史上的雙聖，替盛唐詩壇吐出萬丈光芒。他的詩在內容方面，側重民間痛苦，發於至情，活繪出人間的醜惡，我們讀了他「朱門酒肉臭，路有凍死骨」的句子，眞令人悽愴欲淚。在作詩的技巧方面，則以工力見長，以他的天才、學問、熱情和經驗，加上「語不驚人死不休」的刻苦進取精神，去致力於詩，作品無不名貴。論者稱之爲「詩聖」，眞是最洽當的頭銜。今舉數詩爲例：

聞官軍收河南河北

劍外忽傳收薊北，初聞涕淚滿衣裳。却看妻子愁何在，漫卷詩書喜欲狂。白日放歌須縱酒，青春作伴好還鄉。卽從巴峽穿巫峽，便下襄陽向洛陽。

登樓

風急天高猿嘯哀，渚清沙白鳥飛迴。無邊落木蕭蕭下，不盡長江滾滾來。萬里悲秋常作客，百年多病獨登臺。艱難苦恨繁霜鬢，潦倒新停濁酒盃。

江南逢李龜年

岐王府裏尋常見，崔九堂前幾度聞。正是江南好風景，落花時節又逢君。

杜甫的詩在作風上說，是和李白完全不同的。明王世貞說：「太白以氣爲主，以自然爲宗，以俊逸高暢爲貴。子美以意爲主，以獨造爲宗，以奇技沈雄爲貴。其歌行之妙，咏之使人飄飄欲仙者，太白也。使人慷慨激烈，歔欷欲絕者，子美也。」然而，他倆的詩，却正如兩種美麗的奇花，都是天香國色呢！

「王、孟、高、岑」四家，可分爲兩派。王維與孟浩然是田園詩人的代表，詩的內容，以抒寫自然的美爲主，風格取靜不取動，重澹遠而摒雄放。儲光儀也是這派的重要作者。高適和岑參是邊塞詩人的代表，詩的內容，以寫戰爭或其他類似的題材爲主，風格取動不取靜，尙雄放而摒澹遠。王昌齡、王之渙等屬於這一派。

王維（七〇一——七六一）字摩詰，太原祁人。幼敏悟，九歲卽能屬文，十九歲舉解頭，二十一歲舉進士。歷官右拾遺，中書舍人，尙書右丞等職。他擅長音樂繪畫，所以他的詩也寓以畫意，筆調淸悠，饒有自然風味。

孟浩然（六八九——七四〇）襄陽人。少好節義，自標淸高，隱居鹿門山，以詩自適。年四十方遊京師。他的詩以五言爲主，風調是高雅的。

高適（七〇〇？——七六五）字達夫，渤海蓨人。少年放蕩，不事生產，中年以後方才學詩。他的詩作風是與岑參完全相同的。

岑參（七二〇？——七七〇？）南陽人。早歲孤貧，却有大志，能自砥礪。天寶三年登進士第，官至嘉州刺使。因爲他曾做過安西節度判官，和關西節度判官，親歷過沙漠橫野，苦寒苦熱的邊塞情景，加之半生奔走於戎馬倉皇之中，備嘗征旅行軍的生活，所以他的詩是特別雄放宏壯的。

中唐詩人，初有韋應物、劉長卿稱「韋、劉」。盧綸、吉中孚、韓翃、錢起、司空曙、苗發、崔峒、耿湋、李端、夏侯審等，號稱「大歷十才子」。繼有韓愈、白居易稱「韓、白」。韓、白均宗奉杜詩，而作風不同。其他重要詩人尙有孟郊、賈島、盧仝、張籍、王建、劉父、元稹、劉禹錫、柳宗元等人。

這一時期的詩人，可分三派來敘述：一派是繼承王維、孟浩然以描寫田園山水見長的；這裏選述韋應物、劉長卿、柳宗元三人。另兩派是受杜甫詩影響的，繼承杜詩形式方面的一派，以韓愈爲首，同派較重要的詩人，選述孟郊、賈島兩人。由杜詩內容方面衍成的一派，以白居易爲首，同派詩人甚多，重要者爲元稹與張籍。

韋應物京兆(今陝西長安縣)人。玄宗時官左司郎中，德宗時出任蘇州刺史，世稱韋蘇州。性高潔，長於五言詩，風格閑澹簡遠，爲白居易、蘇軾所推重。

劉長卿字文房，河間人。曾做過監察御史，海鹽令，隨州刺史等官，世稱劉隨州。性剛直，所作五言詩妙絕當時，所以權德輿推之爲「五言長城」。

柳宗元（七七三——八一九）字子厚，河東（今山西永濟縣）人。第進士，中博學弘詞科。官監察御史坐王叔文黨貶爲永州司馬，徙柳州刺史。或以永、柳兩州均饒山水，他以詩文自娛，而獲較多成就。請看他題名江雪的一首小詩是如何的佳妙：

千山鳥飛絕，萬徑人踪滅。孤舟蓑笠翁，獨釣寒江雪。

韓愈（七六八——八二四）字退之，鄧州南陽（今河南南陽縣）人。先世是昌黎人，故世稱爲韓昌黎。三歲的時候，死了父母，由兄會嫂鄭氏撫養。自幼知道努力於學問，盡讀六經百家之書。二十五歲登進士第，累官監察御史、國子博士、刑部侍郞。憲宗元和十四年（八一九），因上疏諫迎佛骨，貶爲潮州刺史。穆宗卽位，召他回京，爲國子祭酒，後轉爲兵部侍郞及吏部侍郞。死後追贈禮部尚書。他是一位提倡古文的大家，自他以後，中國的散文便展開了一個新局面。他的詩譽也很高，他或受杜甫「一語不驚人死不休」的影響，愛用怪字奇韻，用寫散文之法作詩，這在唐代詩人中，是獨具面目的。

孟郊（七五一——八一四）字東野，湖州武康人。生性耿介，不與人合，早年隱居嵩山，稱處士。四十六歲始登進士第，官只試大理評事；一生未見榮達，是唐代詩人中最潦倒窮苦的一位，所以詩句中常含寒酸之氣。他作詩陷於深思苦吟，至有「夜吟曉不休，苦吟神鬼愁；如有不自閑，心與身爲仇」之語。

賈島（七八八——八四三）字浪仙，范陽（今河北涿縣）人。初爲僧，名叫無本。約四十歲舉進士，曾官長江主簿，時稱賈長江。他把作詩當作一件大事，一心專注，辛苦磨鍊，有「兩句三年得，一吟雙淚流」之語，其苦吟可知。有一次他訪李款幽居，得「鳥宿池邊樹，僧推月下門」之句，覺得「推」字不如「敲」字好，考慮不定，以手作推敲之勢，不覺衝大尹韓愈，具以實告。愈駐馬深思，說：「敲字佳矣」。遂並轡論詩。後來修飾文句用「推敲」兩字，即出於此。

白居易（七七二——八四六）字樂天，下邽（今陝西渭南縣）人。幼穎悟，五六歲開始學作詩，九歲便懂了聲韻，十六歲作古原草詩，爲顧況所激賞。他刻苦讀書，二十七歲舉進士，授秘書省校書郎，歷任翰林學士，左拾遺，左贊善大夫等官。後因讒言貶江州司馬，做過杭州刺史，蘇州刺史。晚年爲太子少傅，封馮翊縣開國侯，後以刑部尚書致仕。白居易生長鄉閭，適當安、史亂後，深知社會疾苦，救人救世的心思特別强烈，有志於政治改革。他接受杜甫的影響，更顯明的主張「文章合爲時而著，歌詩合爲事而作」，把文學當成「救濟人病裨補時闕」的工具。對於「嘲風雪，弄花草」的作品，深表不滿。他以爲一個理想的詩人，必須「篇篇無空文，皆歌生民病」。他作詩愛用俚俗語言，通俗平易，最受當世一般民衆所歡迎。

元稹（七七九——八三一）字微之，河南（今河南洛陽縣）人。八歲喪父，家境貧苦，全賴母親鄭氏辛苦教養；他九歲能文，十五歲能知詩的聲病。憲宗元和初，登「才識並茂明於體用科」。除左拾遺，又歷監察御史，官至宰相。最後以武昌節度使卒於武昌。他和白居易的友誼最深，他的文學主張和白居易完全相同。他的詩在民間也很流行，詩名和白並稱，時號「元、白」。

張籍字文昌，和州烏江（今安徽縣和縣）人。德宗貞元十五年進士，授太常寺太祝，又做過水部員外郎，官至國子司業，世稱張水部。他與韓愈爲友，但作風近於元、白，爲詩長於樂府，韓、白對他都很敬重。白居易有讀張籍古樂府的稱頌說：「張君何爲者？業文三十春。尤工樂府詞，舉代少其倫。爲詩意如何？六義互鋪陳。風雅比興外，未嘗著空文。」由此可見他的社會問題詩是多麼高明了。

至於「大歷十才子」，雖在當時結交唱和，馳名都下，但他們的詩並不怎樣出色，不再一一介紹。

晚唐詩壇的主潮，是反對俚俗樸實的詩歌，以典雅綺麗爲宗。這一時期以杜牧、李商隱、溫庭筠等，爲當時詩壇的佼佼者，稱爲晚唐三大家。韓偓、段成式以艷詩著聞。愛作白話詩的有杜荀鶴、聶夷中、羅隱等。其他如陸龜蒙、司空圖、皮日休、李羣玉、李頎、鄭谷、許渾等，也很著名，這裏只述晚唐三大家。

杜牧（八〇三——八五二）字牧之，京兆萬年人。善於屬文，二十六歲舉進士，後又登「賢良方正科」。歷殿中侍御史，內供奉，會昌中遷中書舍人。他爲人浪漫不拘，可以說是一位浪漫詩人，詩情有時是豪邁的，有時是豔冶的。在形式方面以七絕爲最成功。茲舉二詩爲例：

寄揚州韓綽判官

青山隱隱水迢迢，秋盡江南草未凋。二十四橋明月夜，玉人何處教吹簫。

泊秦淮

烟籠寒水月籠沙，夜泊秦淮近酒家。商女不知亡國恨，隔江猶唱後庭花。

李商隱（八一三——八五八）字義山，懷州河內（今河南沁陽縣）人。文宗開成二年進士，官至檢校工部郎中。他的詩以華艷著稱，以「無題」詩名於世。茲錄無題詩一首爲例：

相見時難別亦難，東風無力百花殘。春蠶到死絲方盡，蠟炬成灰淚始乾。曉鏡但愁雲鬢改，夜吟應覺月光寒。蓬萊此去無多路，青鳥殷勤爲探看。

他的詩寫情最多，喜用典故，蓄意深蘊，且刻意求工，多隱僻難解之作。有人說是寫他自己的戀史，所以多諱飾之詞，使人不得其解。

溫庭筠字飛卿，太原人。少年敏悟，工文章下筆萬言，善於音樂，鼓琴吹笛無所不能。爲人不修邊幅，喜作狹邪之遊；恃才傲物，終身放蕩潦倒，官只爲方城尉。他的文學成績，重在詞的方面，所以詩的方面不免因而減色。他的詩是與李商隱齊名的，號稱「溫、李」。作風優美，意境幽遠，有「鷄聲茅店月，人跡板橋霜」的名句。但有時失於惻豔，缺乏雄大的氣魄。

第四節　宋、元、明、清的詩

五代的詩，無可敘述者。宋代由於濟濟多才，專心致力於詩，就數量的發展上說，較之唐代實有過之；但詩的成績平平，這或許是由於時代風氣推移的緣故吧！

北宋著名詩人，初有楊億、錢惟演、劉筠等，詩宗晚唐的李商隱。王禹偁、徐鉉等則學白居易。寇準、魏野、林逋、潘閬等，都模擬晚唐。宋詩到梅堯臣、蘇舜欽等，倡詩的革命，反對濃艷，務求平淡俚俗。由歐陽修鼓吹光大。繼歐陽修而稱覇詩壇的，有王安石、蘇軾、黃庭堅諸人。

梅堯臣（一〇〇二——一〇六〇）字聖俞，宣州宣城人。宋仁宗嘉祐初，賜進士出身，官至尚書都官員外郎。他對於詩曾說：「凡詩意新語工，得前人所未道者，斯爲善矣。必能狀難寫之境，如在目前；含不盡之意，見於言外，然後爲至矣。」可知他有革新的主張。

蘇舜欽（一〇〇八——一〇四八）字子美，梓州桐山人。少慷慨有大志，狀貌奇偉。初爲太廟齋郞，後舉進士，累遷大理評事。仁宗時，得范仲淹相薦，召試集賢校理，監進奏院。後因故除名，流寓蘇州，建滄浪亭，自號滄浪翁，隱讀以終。他可說是失意落拓的人，一切憤懣都寄之於詩歌。他的詩風格豪放，歐陽修六一詩話說：「子美筆力豪雋，以超邁橫絕爲奇。」

歐陽修（一〇〇七——一〇七二）字永叔，號醉翁，又號六一居士，盧陵（今江西吉安縣治）人。二十四歲舉進士，官至樞密副史，參知政事，以太子少師致仕。他的詩詞文章都著稱於世，是宋代一位負文譽極高的文學家。繼蘇、梅鼓吹詩的革命，造成以「平淡俚俗」爲特色的宋詩。請看他雋美的小詩：

豐樂亭遊春

紅樹青山日欲斜，長郊草色綠無涯。遊人不管春將老，來往亭前踏落花。

琅邪山（石屏路）

石屏自倚浮雲外，石路久無人跡行。我來携酒醉其下，臥看千峯秋月明。

王安石（一〇二一——一〇八六）字介甫，號半山，臨川人。二十二歲舉進士，神宗時他官至宰相，欲改革政治，上書施行新法。他是歷史上一位大政治思想家，事蹟詳見宋史本傳。天才極高，詩文作得都很好，在文學史上也是一位怪傑。

蘇軾（一〇三六——一一〇一）字子瞻，號東坡居士，眉州眉山人。幼聰慧，七歲知書，十歲能文，二十二歲舉進士。神宗時，因與王安石爲敵，頗不得志。哲宗元祐中，累官翰林學士，兵部尚書。哲宗紹聖初，復行新法，以舊黨關係被貶惠州，後徙昌化。徽宗時，赦還，提舉成都玉局觀。建中靖國（徽宗年號）元年，卒於常州。他是一位著名的散文家、詩人，更是一位轉變詞壇風氣的大詞人。他無論作文、作賦、作詩、作詞、都是不受任何束縛抑勒的，可說無不具有獨創的風格。

黃庭堅（一〇四五——一一〇五）字魯直，號山谷道人；洪州分寧（今江西修水縣）人。二十三歲舉進士，曾爲校書郎，秘書丞等官，後以事被貶宜州，卒於貶所。他曾追隨蘇軾，與秦觀、張耒、晁補之等，稱爲蘇門四學士。他的詩詞文章都很有名，詩又自成一派，就是呂本中所說的江西派。時人以爲他的詩可與蘇軾相配、故世稱「蘇、黃」。

南宋詩壇，著名作家有陸游、范成大、楊萬里諸人，以陸游爲最傑出。

陸游（一一二五——一二一〇）字務觀，號放翁，越州山陰人。十二歲能寫詩文。以蔭補登仕郎。孝宗時，賜進士出身，曾做了幾度小官。范成大帥蜀時，他爲參議官。寧宗嘉泰初，入都修國史，官至寶章閣待制。爲人浪漫不拘禮法，時人譏他頹放，所以自號放翁。他是一位最富於感情的文學家，雖然表面頹放不拘禮法，心情却極熱烈，愛國觀念極强，雖至衰老將死，猶不忘情於恢復中原故土。且看他暮年悲壯感慨的浩歌：

十一月四日風雨大作

僵臥孤村不自哀，尚思爲國戍輪臺。夜闌臥聽風吹雨，鐵馬冰河入夢來。

示兒

死去元知萬事空，但悲不見九州同。王師北定中原日，家祭無忘告乃翁。

陸游的詩是多方面的，而且寫得很多，今有劍南詩稿八十五卷。作品有閑適飄逸的境界，描寫自然山水像陶潛；有悲壯激昂的境界，豪放雄壯像李白，沉鬱頓挫像杜甫。他活到八十多歲，還是慷慨奮發，堅强進取，天天不忘光復舊土。謳歌從軍樂，鼓舞士氣民心，成爲南宋精神的國防。所以被人稱爲「愛國詩人」。

范成大（一一二五——一一九三）字致能，號石湖居士，吳郡人。高宗時進士，累官著作佐郎，資政殿大學士，四川制置使，晚年參知政事，卒後追封崇國公，諡文穆。在南宋詩人中，是最顯達的一位。他的詩長於寫實，作風清新婉峭，閑適澹雅，沒有一點兒官氣，愛好田園，具有一般隱逸詩人同樣的性氣。茲舉其四時田園雜興六十首中的四首如後：

桑下春蔬綠滿畦，菘心青嫩芥薹肥。溪頭洗擇店頭賣，日暮裹鹽沽酒歸。

晝出耘田夜績麻，村莊兒女各當家。童孫未解供耕織，也傍桑陰學種瓜。

新築場泥鏡面平，家家打稻趁霜晴。笑歌聲裏輕雷動，一夜連枷響到明。

放船閒看雪山晴，風定奇寒晚更凝。坐聽一篙珠玉碎，不知湖面已成冰。

楊萬里（一一二四——一二〇六）字廷秀，號誠齋，吉州吉水人。高宗時進士，孝宗時爲國子監博士。他的詩寫得很多，狀物寫情，無不入妙。許多作品都是用口語寫出來的，或者他是受了白居易的影響吧！茲舉兩首爲例：

蝶

籬落疎疎一徑深，樹頭先綠未成陰。兒童急走追黃蝶，飛入黃花無處尋。

過眞陽峽

百灘千港幾濤波，聚入眞陽也未多。若遣峽山生塞了，不知江水倒流麽？

他的詩眞是富健粗豪，自由放肆，獨闢蹊徑。所以當時稱之爲「誠齋體」。

金詩人可以元好問爲代表。元好問（一一九〇——一二五七）字裕之，號遺山，秀容（今山西忻縣）人。七歲能詩，十四歲從學陵川郝天挺，六年而業成，淹通經傳百家。他的箕山、琴臺等詩，使禮部趙秉文讀了，讚爲近代無比，因而名震京師，有「元才子」的稱號。金章宗興定五年舉進士。官至尙書省左司員外郎。金亡以後，他退隱家園，專事著作金史。詩如歸舟怨：

渡頭楊柳青復青，閨中少婦動離情。只從問得狂夫處，夜夜夢到洛陽城。

南風吹櫓聲，北雁鳴嚶嚶。江流望不極，相思春草生。

元代詩人，有所謂虞集、楊載、范椁、揭傒斯四大家，及元末著名作家楊維楨。這裏只述說四大家的首領虞集和楊維楨兩人。

虞集（一二七一——一三四八）字伯生，號道園，仁壽人。文宗時，官至奎章閣侍書學士，纂修經世大典。卒謚文靖。他所作詩文在萬篇以上，今所傳有道園學古錄五十卷。茲錄其舟次湖口一詩如下：

江沙如雪水無聲，舟倚蒹葭鴈不驚。霜氣隔篷纔數尺，斗杓插地已三更。拋書枕畔憐兒子，看劍燈前慨友生。尙有乘桴無限意，催人搖櫓轉江城。

楊維楨（一二九六——一三七〇）字廉夫，號鐵崖，又號抱遺老人，以善吹鐵笛，又自號鐵笛道人；山陰（今浙江紹興縣）人。他的詩在當時很負盛名，模仿他的人很多，因有「鐵崖體」之稱。李孝先、張羽、倪瓚、顧瑛等，都是附和楊維楨的重要作者。

明代詩人，較著名的只有楊基、高啓、張羽、徐賁、劉基、袁凱等。楊、高、張、徐號稱「吳中四傑」。以高啓爲明代的佼佼者。

高啓（一三三六——一三七四）字季廸，自號青邱子，長洲（今江蘇吳縣地）人。曾爲太祖召修元史，授翰林院國史編修官，官至戶部右侍郎。後坐文字獄，被處腰斬極刑，死得悲慘極了，年僅三十九歲。據說他在詩上很下工夫，每天都要作上幾首，所以被誅時，年雖未滿四十，已積有詩集吹臺、缶鳴、江館、鳳臺、青邱、南樓等集，共有詩千七百餘首之多。

清代是詩詞的復盛時代，詩人頗多。清初著名詩人有錢謙益和吳偉業。兩人都是明代遺臣，開清詩的先聲。稍後有施閏章和宋琬，稱爲「南施北宋」。施的作品，有南國溫柔之風；宋的作品，則具北地剛健之氣。施、宋以後，王士禎出而領袖詩壇，倡詩的「神韻」說。沈德潛主「格律」說。袁枚則認爲作詩應以一性靈」爲主。他和蔣士銓、趙翼三人是所謂乾隆時詩壇的「江左三大家」。乾、嘉之際，詩壇最盛，王鳴盛、王昶、錢大昕、曹仁虎、黃文運、趙文哲、吳泰來諸人，稱爲「吳中七子」。黎簡、張錦芳、黃丹書、呂堅諸人，稱爲「嶺南四家」。舒位、王曇、孫源湘等，則又謂之「三君」。而黃景仁則可說是此一時期的健將，最爲近人所稱道。清末較可觀的詩人，只有鄭珍、金和、黃遵憲等數人。黃遵憲開詩體的解放，爲後來文學革命的先導，頗稱重要。此外，王闓運、陳衍、陳三立、樊樊山等人，亦爲清末較重要的作者。茲選數人敘述如後：

錢謙益（一五八三——一六六四）字受之，號牧齋，常熟人。明萬曆三十八年進士，授翰林院編修。崇禎初，官至禮部侍郎。李自成陷京師，馬士英立福王於江寧，他向士英頌功，得任爲禮部尚書。順治二年降清，命爲禮部侍郎。他以明臣降清，頗爲士林所輕視。在清史稿裏，高宗把他列入貳臣傳中。但他的文章著作，在當時却佔着第一流的地位。他的詩沈鬱藻麗，無奇不備，論者謂爲清初第一人。茲錄其獄中雜詩一首：

良友冥冥恨夜臺，寡妻稚子尺書來。平生何限彈冠意，死後空餘掛劍哀。千載汗青總有日，十年血碧未成灰。白頭老淚西窗下，寂寞封題一雁回。

吳偉業（一六〇九——一六七一）字駿公，號梅村，太倉人。少聰敏，十四歲能屬文。崇禎四年，會試第一，廷試第二，舉爲進士。初任翰林院編修，官至少詹事。入清官國子監祭酒。他少年時的作品，是異常華艷風流的，等到遭逢喪亂，閱歷興亡以後，所作多具激楚蒼涼之意，且看他過淮陰有感一詩：

登高悵望八公山，琪樹丹崖未可攀。莫想陰符過黃石，好將鴻寶駐朱顏。浮生所欠只一死，塵世無繇識九還。我本淮王舊鷄犬，不隨仙去落人間。

王士禎（一六三四——一七一一）字貽上，號阮亭，又號漁洋山人，山東新城人。順治十五年中進士，官至刑部尚書。他性好遊歷，聖祖曾派他往祭南海、西嶽，因得遍歷秦、晉、洛、蜀、閩、越、江、楚等地。所到之處，必遊覽山水名勝，發之於詩。他寫詩是講究「神韻」的，倡「不著一字，盡得風流」之說。推崇興會神到之作，以意在言表爲工。他最崇拜唐代的王維。絕句爲他所特別的擅長，佳作頗多。茲舉眞州絕句兩首爲例：

江干多是釣人居，柳陌菱塘一帶疎。好是日斜風定後，半江紅樹賣鱸魚。

曉上高樓最上層，去帆婀娜意難勝。白沙亭下潮千丈，直送離心到秣陵。

沈德潛（一六七三——一七六九）字確士，號歸愚，江南長州人。乾隆三年，年六十六始舉於鄉，時人稱之爲「江南老名士」。第二年成進士，又三年始授爲翰林院編修。以召對論歷代詩源流升降，爲高宗所賞識。後官至禮部侍郎。他的詩是最講究「格律」的，以爲詩的妙處在於聲與法兩途。他說：「詩貴性情，亦須論法；亂雜而無法，非詩也。」又說：「詩以聲爲用者也，其微妙在抑揚抗墜之間。」

袁枚（一七一六——一七九七）字子才，號隨園，又號簡齋，浙江錢塘人。乾隆四年，年二十四與沈德潛同成進士，做過幾任知縣，最後調至江寧，因愛好江寧的小倉山，築室其下，號爲隨園，以吟咏爲樂，不復再仕。他作詩主「性靈」之說，他說：「今之詩流有三病焉。其一，塡書塞典，滿紙死氣，自矜淹博；其一，全無蘊藉，矢口而道，自夸直率。近又有講聲調，而圈平點仄以爲譜者。……必欲繁其例，狹其徑，苛其條規，桎梏其性靈，使無人生之樂，不已傎乎？」可知他所謂寫詩，是只要表出自己的性靈，既反對王士禎的「神韻」之說，又反對沈德潛的「格律」之說。

黃景仁（一七四九——一七八三）字漢鏞，一字仲則，江蘇武進人。他是清代一位薄命詩人，以諸生議敘縣丞，未及選而卒，年僅三十五歲。他生平遭遇多不幸，身體素弱，累於貧病，所以他的詩多是悽楚悲愴的。如途中遘病頗劇愴然作詩：

搖曳身隨百丈牽，短檠孤照病無眠。去家已過三千里，墮地今將二十年。事有難言天似海，魂應盡化月如烟。調糜量水人誰在？況值傾囊無一錢。

他的詩，使人讀了眞有「秋蟲咽露，病鶴舞風」之感。所著兩當軒詩鈔十六卷，實可領袖清代詩壇。

黃遵憲（一八四八——一九〇五）字公度，廣東嘉應人。同治十二年舉人，初使日爲參贊，又移美國舊金山總領事，官至湖南按察使。首倡民治於湖南學會。光緒二十四年，戊戌維新，他與康有爲等通聲氣，奉命任駐日本公使。行抵上海，臥病不能赴任。適維新事敗，大捕黨人，他亦遭受圍搜，並被廢放。公度自幼注意民間文藝，喜倣山歌民謠爲詩。後更奔走中外，見聞廣博，盛倡革新詩體。他說：「人各有面目，正不必與古人相同。吾欲以古文家抑揚變化之法作古詩；取騷、選、樂府歌行之神理入近體詩。」他作詩是不遵舊法的，官書、令典、方言、俗諺及古人未有之物，未闢之境，他都用筆寫來。實為後來文學革命的先導。

第五章 辭賦

第一節 概說

劉熙釋名說：「賦，敷也；敷布其義謂之賦。」

皇甫謐三都賦序說：「賦也者，所以因物而造端，敫宏體理。」

鍾嶸詩品說：「直陳其事，寓言寫物，賦也。」

劉勰文心雕龍說：「賦者，鋪也；鋪采摛文，體物寫志也。」

這許多解說，都沒有能夠明白說出賦究竟是什麼，只是指明賦在技術上要鋪敷誇飾而已。我們看了，仍舊不能明瞭它的眞實意義。其實，賦是古詩的一體，它是周官「六詩」之一，所以班固說：「賦者，古詩之流也。」它和古詩的分別，則在只能誦而不能歌，如漢書藝文志說：「不歌而誦謂之賦」。

賦來源於楚辭，荀況、宋玉創立賦名。劉勰文心雕龍詮賦篇說：「賦也者，受命於詩人，拓宇於楚辭也。於是荀況禮、智，宋玉風、釣，爰錫名號，與詩畫境，六義附庸，蔚成大國。……」荀況，宋玉作賦以後，大家都「競爲侈麗閎衍之詞，沒其風諭之義」（漢書藝文志），於是賦便成了一種獨立的文體，在形式與內容上，完全與詩不同了。

陸機文賦說：「賦體物而瀏亮。」這是說明賦體的特色。以體裁爲分類標準，今之學者把它分爲古賦、俳賦、律賦、文賦四類。古賦指兩漢作品而言，俳賦爲六朝所作者，唐代所作爲律賦，宋代所作爲文賦。在古賦與俳賦之間，還盛行過一種短賦，但作者不多，不久即衰歇下去，所以不能與其他四者並列。

第二節　賦的黃金時代

漢代是賦的黃金時代，形成於漢初，盛旺於漢武帝時。漢初重要作者，有陸賈與賈誼。武帝時大放異彩，大賦家枚乘、司馬相如都是這時候的作者。此外，尚有東方朔、嚴忌、嚴助、劉安、吾丘壽王、董仲舒、朱買臣、枚皋等。西漢末年，則有劉向、王褒、揚雄、崔駰、馮衍等。至於東漢賦作家，以班固、張衡、李尤、馬融、禰衡、王粲、蔡邕、曹植等爲著名。這裏選述西漢的賈誼、枚乘、司馬相如、揚雄，和東漢的班固、張衡等六位。

賈誼（前二〇〇——前一六八）雒陽人。年十八以能誦詩、書，寫文章，稱於郡中。文帝召爲博士，遷大中大夫。後爲人所忌，攻擊他「專欲擅權，紛亂諸事」，謫爲長沙王太傅；後拜梁懷王太傅。卒年三十三。他的賦以鵩鳥賦與弔屈原賦最著名。

枚乘（？——前一四〇年）字叔，淮陰人。初爲吳王濞郎中，吳王謀逆，他奏書極諫，不納，他遂去而至梁。吳王反，他復說之，由是知名，景帝召爲弘農都尉。後復遊梁，梁孝王敬爲上賓。孝王薨，他歸淮陰。武帝久聞其名，即位後，以安車蒲輪徵他，但以年老竟死於途中。漢書藝文志稱他有賦九篇，但今多不傳。最著名的是七發，後人模仿的很多，如七激、七興、七廣、七辯、七依、七說、七鐲、七啓、七釋、七命、七徵、七諷等，都是受七發的影響而作。遂別造辭賦中一種特體，稱之爲「七」

體。

司馬相如（前一七九——前一一八）字長卿，蜀郡成都人。史記稱他「少時好讀書，學擊劍，故其親名之曰犬子」。初事漢景帝，爲武騎常侍，因病免。客遊梁，與文士鄒陽、枚乘、嚴忌等見知於梁孝王、作子虛賦。孝王薨，歸依臨邛令王吉。武帝時，以同鄉楊得意的推薦，因得爲郎。後以通西南夷有功，拜孝文園令。後以病免，卒於茂陵。據漢書藝文志的記載，他有賦二十九篇，今所傳只有六篇，卽美人賦、上林賦、長門賦、子虛賦、哀二世賦和大人賦。這六篇賦中，美人賦與哀二世賦又有後人僞託之疑，所以眞正可靠的只有四篇。子虛賦與上林賦兩篇，是寫田獵的事，大人賦是寫神仙的事，長門賦則是抒寫戀情的。

揚雄（前五三——公元一八）字子雲，與司馬相如同鄉，也是蜀郡成都人。少卽好學，博覽無所不讀。成帝時，以大司馬車騎將軍王音的推薦，得以待詔於承明殿，奏甘泉、河東、羽獵、長楊等賦，拜爲郎。後官於王莽，轉爲大夫，校書於天祿閣。他的著作甚多，有太玄、法言、方言等書。漢書藝文志稱其有賦十二篇。他以爲司馬相如的賦，最稱得賦體，所以他的賦多是模仿司馬相如的。又依楚辭作反離騷、廣騷、畔牢愁諸篇，可知他也模仿屈原。由是開後世競事模擬的風氣。

班固（三二——九二）字孟堅，扶風安陵人。九歲卽能作文誦詩賦，稍長博通載籍九流百家之言。明帝時除蘭臺令史，和帝時，從竇憲出征匈奴，拜爲中護軍。憲敗，他亦被免官，並牽連獲罪入獄，不久竟死於獄中。他是歷史上有名的史學家，以著漢書稱於世。他的辭賦也很有名，是賦京都的創始者，最著名的是兩都賦，爲包羅萬有的作品，後來仿作的人很多，張衡的兩京賦，左思的三都賦，都可說是同出一流的。

張衡（七八——一三九）字平子，南陽西鄂人。安帝徵爲郎中，遷太史令。順帝時出爲河間相，徵拜尚書。卒於順帝永和四年，年六十二。他的兩京賦據說寫了十年方成，是他最著名的作品。此外，還有歸田賦、舞賦、羽獵賦、髑髏賦、定情賦，以及模仿離騷而作的思玄賦等。

漢代賦家，往往以經史學家或政論家兼爲賦作家，或更有些皇帝的淸客，御用的文人，靠着作賦的技藝而作官，只有司馬相如是一個純粹的文人，成就最著，造詣最高，所以王世貞說：「長卿之賦，賦之聖者也。」雖然，有的人認爲這一讚語未免有些疑問，但是司馬相如確是以賦獨步兩漢的。

第三節　晉代以後的辭賦

六朝由古賦進而爲俳賦。晉初作家有阮籍、嵇康、向秀及陸機、潘岳、張華、左思等。中期有郭璞。晉末有陶潛。晉代最著名的作品是：陸機的歎逝賦，潘岳的秋興賦，張華的鷦鷯賦，左思的三都賦等。

南北朝時，謝惠連、謝莊、鮑照、江淹、庾信、徐陵、張融、沈約、任昉、丘遲……等，都以能賦著稱。其中鮑照的蕪城賦論者讚爲簡練入妙，淒涼無限；江淹的恨賦、別賦，以緜麗的筆調寫出幽怨的情緒，亦頗得後人覴稱。庾信則佳作尤多，著名的有哀江南賦、小園賦、枯樹賦、春賦、燈賦、鏡賦、蕩子賦等。而哀江南賦則尤爲著稱於世。這一時期很多抒寫情思的作品，大都辭意儁美，文采華麗，堪稱抒情文學中的傑作。

唐代的賦爲律賦。唐初的幾個君主如太宗、高宗、武后等，都極力提倡駢偶綺艷的文學，所以當時的詩賦自然趨於艷靡之途，那時被稱爲詩賦的權威者，便是以駢偶文學負盛名的作家們。唐初的「四傑」，以及稍後的蕭穎士、李華、陸贄等，皆以是擅名。到了唐末，作者更標新競巧，溫庭筠、李商隱、段成式等出，號稱「三十六體」的綺艷四六文章，成爲文壇最流行的文體，於是便形成純粹的四六體了。所以唐代的賦也可以說是駢體，但駢體並不僅限於作賦，故稱駢文。

宋代的賦爲文賦。當代作家，好以散文體爲賦，且多尙說理。北宋歐陽修、蘇軾所作，最多具有這種特色者。南宋賦家，作品多爲四六體，著名作者有汪藻、洪邁、孫覿等。

至於元、明、清各代的所謂賦家，則完全是駢文家的異名，賦之爲體，似已不復存在了。

第六章　樂府

第一節　樂府的產生與演進

「樂府」本是漢武帝所置總管樂章的衙署，以李延年爲協律都尉，一面廣採秦、楚、代、趙的民歌，一面命司馬相如等數十人製作詩賦，以充實這個衙署。後來凡這個衙署所採所作的作品，便也叫做「樂府」而成一種文體了。

漢明帝把樂府分爲四類：一，用於郊廟陵寢的，叫做大予樂；二，用於辟雍饗射的，叫做雅頌樂；三，用於天子宴羣臣的，叫做黃門鼓吹樂；四，用於軍中的，叫做短簫鐃歌樂。宋人郭茂倩分樂府爲十二類，爲郊廟歌辭、燕射歌辭、鼓吹曲辭、橫吹曲辭、相和歌辭、清商曲辭、舞曲歌辭、琴曲歌辭、雜曲歌辭、近代曲辭、雜歌謠辭、新樂府辭。今之學者則把它分爲下列八種：一，郊廟歌辭；二，燕射歌辭；三，舞曲歌辭；四，鼓吹曲辭；五，橫吹曲辭；六，相和歌辭；七，清商曲辭；八，雜曲歌辭。前三種是貴族特製的，次二種是外國輸入的，末三種是民間採來的。

漢代樂府篇名之可考者約三百餘曲，歌辭見存者約一百曲；較重要的有三種：一爲橫吹曲辭，歌辭已失傳無考，所合音樂來自外族，是張騫從西域輸入的。二爲鼓吹曲辭（即短簫鐃歌），凡二十二曲，歌辭都採自民間，而合以本國音樂。三爲相和歌辭，歌辭的來源與所用音樂和鼓吹曲同，傳世頗多，著名的長詩孔雀東南飛即爲其中之一。全詩共三百五十七句，一千七百八十五字，敘焦仲卿妻劉芝爲姑所逐，兩人不肯再度嫁娶，先後自殺的故事。寫各個人物的談話，委婉屈折，各如其分，宛如一幕眞實的悲劇扮演在我們的眼前。有時插入幾段描寫，也極鋪張揚厲之致。其他尙有司馬相如等所作的郊祀歌十九章，漢高祖姬唐山夫人所作的房中祠樂十七章及舞曲等。

六朝的樂府，北朝盛行橫吹曲，今存二十三曲，木蘭辭與折楊柳可爲代表作。木蘭辭叙木蘭代父從軍，而伙伴不知其爲女子，十二年後方戰罷回鄉。它與孔雀東南飛同爲樂府中的第一流作品。南朝則流行清商曲辭，以吳聲歌及西曲歌爲主。吳聲歌中的子夜歌、讀曲歌、華山畿等，都是前所未有的大膽的戀歌，它們或寫情人間的調笑，或寫戀愛失敗的悲哀。都極纏綿悱惻。西曲歌中如石城樂、烏夜啼、莫愁樂等，很多描寫商人的浪漫生活，均爲前此詩人所未曾涉筆者。

古樂府的時代至此終止。自此以後，唐代的樂府即爲近體詩；宋代的樂府爲詞；元、明的樂府爲南北曲；各自成一種體裁而不相因襲。間有文人創作，如白居易的新樂府等，作風雖古，但不能合樂。其他所有擬作，也都是如此的。

自漢以後，樂府分成南北兩個系統發展，南方是吳、東晉及南朝等，北方是五胡十六國及北朝等。我們綜觀北方的樂府，有個與南方樂府大不相同的地方；南方樂府以寫戀愛爲主，而北方樂府以寫征戰爲主。子夜歌等寫情是婉轉的，橫吹曲却是豪爽的。北方樂府絕少言情，即有少數例外，亦另具一種樸素無華的風味。

第二節　樂府中的兩大傑作

一、孔雀東南飛

孔雀東南飛是空前的長篇敍事詩，始見於梁徐陵玉臺新詠卷一，題爲古詩爲焦仲卿妻作。詩前並有短序說：「漢末建安中，廬江府小吏焦仲卿妻劉氏，爲仲卿母所遣，自誓不嫁。其家迫之，乃投水而死。仲卿聞之，亦自縊於庭樹。時人傷之，爲詩云爾。」宋郭茂倩樂府詩集中，收入在「雜曲歌辭」中。作者不詳，初稿或爲漢末時所作，輾轉流傳，迭經增飾，迄南北朝、梁、陳間始成定型，由詩中「新婦入青廬」之句，可資明證。全篇原文如下：

孔雀東南飛，五里一徘徊。

「十三能織素，十四學裁衣，十五彈箜篌，十六誦詩書，十七爲君婦，心中常苦悲。君既爲府吏，守節情不移，賤妾留空房，相見常日稀。鷄鳴入機織，夜夜不得息；三日斷五疋，大人故嫌遲。非爲織作遲，君家婦難爲。妾不堪驅使，徒留無所施；便可白公姥，及時相遣歸。」

府吏得聞之，堂上啓阿母：「兒已薄祿相，幸復得此婦。結髮同枕席，黃泉共爲友。共事二三年，始爾未爲久。女行無偏斜，何意致不厚？」

阿母謂府吏：「何乃太區區？此婦無禮節，舉動自專由。吾意久懷忿，汝豈得自由！東家有賢女，自名秦羅敷。可憐體無比，阿母爲汝求。便可速遣之，遣去愼莫留！」

府吏長跪告，伏惟啓阿母：「今若遣此婦，終老不復取！」

阿母得聞之，搥床便大怒！「小子無所畏，何敢助婦語！吾已失恩義，會不相從許！」

府吏默無聲，再拜還入戶。舉言謂新婦，哽咽不能語：「我自不驅卿，逼迫有阿母。卿但暫還家，吾今且報府。不久當歸還，還必相迎取。以此下心意，愼勿違我語！」

新婦謂府吏：「勿復重紛紜。往昔初陽歲，謝家來貴門；奉事循公姥，進止敢自專？晝夜勤作息，伶俜縈苦辛。謂言無罪過，供養卒大恩。仍更被驅遣，何言復來還？妾有繡腰襦，葳蕤自生光；紅羅複斗帳，四角垂香囊；箱簾六七十，綠碧青絲繩；物物各自異，種種在其中。人賤物亦鄙，不足迎後人，留待作遺施。於今無會因，時時爲安慰，久久莫相忘！」

雞鳴外欲曙，新婦起嚴妝。著我繡裌裙，事事四五通。足下躡絲履，頭上玳瑁光。腰若流紈素，耳著明月璫。指如削葱根，口如含珠丹，纖纖作細步，精妙世無雙。

上堂謝阿母，母聽去不止。「昔作女兒時，生小出野里。本自無教訓，兼愧貴家子。受母錢帛多，不堪母驅使。今日還家去，念母勞家裏。」

卻與小姑別，淚落連珠子：「新婦初來時，小姑始扶床。今日被驅遣，小姑如我長。勤心養公姥，好自相扶將。初七及下九，嬉戲莫相忘！」

出門登車去，涕落百餘行。府吏馬在前，新婦車在後。隱隱何甸甸，俱會大道口。

下馬入車中，低頭共耳語：「誓不相隔卿，且暫還家去。吾今且赴府，不久當還歸，誓天不相負！」

新婦謂府吏：「感君區區懷，君既若見錄，不久望君來，君當作磐石，妾當作蒲葦。蒲葦紉如絲，磐石無轉移。我有親父兄，性行暴如雷；恐不任我意，逆以煎我懷！」舉手長勞勞，二情同依依。

入門上家堂，進退無顏儀。阿母大拊掌：「不圖子自歸！十三教汝織，十四能裁衣，十五彈箜篌，十六知禮儀，十七遣汝嫁，謂言無誓違。汝今何罪過，不迎而自歸？」

蘭芝慚阿母：「兒實無罪過！」阿母大悲摧。

還家十餘日，縣令遣媒來，云：「有第三郎，窈窕世無雙；年始十八九，便言多令才。」阿母謂阿女：「汝可去應之！」阿女含淚答：「蘭芝初還時，府吏見丁寧，結誓不別離。今日違情義，恐此事非奇。自可斷來信，徐徐更謂之。」阿母白媒人：「貧賤有此女，始適還家門。不堪吏人婦，豈合令郎君？幸可廣問訊，不得便相許。」

媒人去數日，尋遣丞請還，說有蘭家女，承籍有宦官。云有第五郎，嬌逸未有婚。遣丞爲媒人，主簿通語言。直說太守家，有此令郎君。既欲結大義，故遣來貴門，阿母謝媒人：「女兒先有誓，老姥豈敢言？」

阿兄得聞之，悵然心中煩，舉言謂阿妹：「作計何不量？先嫁得府吏，後嫁得郎君，否泰如天地，足以榮汝身。不嫁義郎體，其往欲何云？」

蘭芝仰頭答：「理實如兄言。謝家事夫婿，中道還兄門，處分適兄意，那得自任專？雖與府吏要，渠會永無緣！」登即相許和，便可作婚姻。

媒人下床去，諾諾復爾爾。還部白府君：「下官奉使命，言談大有緣。」府君得聞之，心中大歡喜，視曆復開書：「便利此月內，六合正相應，良辰三十日，今已二十七，卿可去成婚。」交語速裝束，駱驛如浮雲。青雀白鵠舫，四角龍子幡，婀娜隨風轉；金車玉作輪，躑躅青驄馬，流蘇金鏤鞍，齎錢三百萬，皆用青絲穿；雜綵三百疋，交廣市鮭珍；從人四五百，鬱鬱登郡門。

阿母謂阿女：「適得府君書，明日來迎汝。何不作衣裳？莫令事不舉！」阿女默無聲，手巾掩口啼，淚落便如瀉。移我琉璃榻，出置前窗下。左手持刀尺，右手執綾羅。朝成繡裌裙，晚成單羅衫。晻晻日欲暝，愁思出門啼。

府吏聞此變，因求假暫歸。未至二三里，摧藏馬悲哀。新婦識馬聲，躡履相逢迎。悵然遙相望，知是故人來。舉手拍馬鞍，嗟歎使心傷：「自君別我後，人事不可量！果不如先願，又非君所詳。我有親父母，逼迫兼弟兄，以我應他人，君還何所望？」府吏謂新婦：「賀卿得高遷！磐石方且厚，可以卒千年；蒲葦一時紉，便作旦夕間。卿當日勝貴，吾獨向黃泉！」新婦謂府吏：「何意出此言？同是被逼迫，君爾妾亦然。黃泉下相見，勿違今日言！」執手分道去，各自還家門。生人作死別，恨恨那可論！念與世間辭，千萬不復全。

府吏還家去，上堂拜阿母：「今日大風寒，寒風摧樹木，嚴霜結庭蘭。兒今日冥冥，令母在後單。故作不良計，勿復怨鬼神。命如南山石，四體康且直。」阿母得聞之，零淚應聲落：「汝是大家子，仕宦於臺閣，愼勿爲婦死，貴賤情何薄？東家有賢女，窈窕艷城郭，阿母爲汝求，便復在旦夕。」

府吏再拜還，長歎空房中，作計乃爾立，轉頭向戶裏，漸見愁煎迫。其日牛馬嘶，新婦入青廬。奄奄黃昏後，寂寂人定初。「我命絕今日，魂去尸長留。」攬裙脫絲履，舉身赴清池。

府吏聞此事，心知長別離。徘徊庭樹下，自掛東南枝。

兩家求合葬，合葬華山傍。東西植松柏，左右種梧桐。枝枝相覆蓋，葉葉相交通。中有雙飛鳥，自名為鴛鴦，仰頭相向鳴，夜夜達五更。行人駐足聽，寡婦起彷徨。多謝後世人，戒之慎勿忘。

在中國文學史上，這是一首空前的、僅有的、哀艷動人的長詩創作。作者以高妙的技巧，用樸素無華的文字，作深刻的描寫，把劇中人物各個不同的性格抒寫得異常生動。使人讀了意味無窮，眞是中國文學史上不朽的傑作。

二、木蘭辭

木蘭辭是北方兒女英雄文學中偉大的傑作。它和孔雀東南飛成為南北民間文學的兩大代表。樂府詩集編入鼓角橫吹曲裏，前人均認為是北朝人所作。沈德潛古詩源，胡適國語文學史，都定為北魏時代的中原作品。其全辭如下：

唧唧復唧唧，木蘭當戶織。不聞機杼聲，惟聞女嘆息。問女何所思？問女何所憶？「女亦無所思，女亦無所憶。昨夜見軍帖，可汗大點兵，軍書十二卷，卷卷有爺名。阿爺無大兒，木蘭無長兄，願為市鞍馬，從此替爺征。」

東市買駿馬，西市買鞍韉，南市買轡頭，北市買長鞭。朝辭爺孃去，暮宿黃河邊。不聞爺孃喚女聲，但聞黃河流水聲濺濺。旦辭黃河去，暮宿黑山頭。不聞爺孃喚女聲，但聞燕山胡騎聲啾啾。

萬里赴戎機，關山度若飛，朔氣傳金柝，寒光照鐵衣。將軍百戰死，壯士十年歸。

歸來見天子，天子坐明堂，策勳十二轉，賞賜百千彊。可汗問所欲？「木蘭不用尚書郎，願借明駝千里足，送兒還故鄉。」

爺孃聞女來，出郭相扶將。阿姊聞妹來，當戶理紅妝。小弟聞姊來，磨刀霍霍向豬羊。開我東閣門，坐我西閣牀。脫我戰時袍，著我舊時裳。當窗理雲鬢，對鏡貼花黃。出門看伙伴，伙伴皆驚惶：「同行十二年，不知木蘭是女郎。」

雄兔脚撲朔，雌兔眼迷離。兩兔傍地走，安能辨我是雄雌？

這是一篇以三百三十二個字寫出來的動人故事。取材引人入勝，結構巧妙自然，作風雄壯而帶溫柔氣氛，文字活潑得如行雲流水，描寫的藝術可說「神乎其技。」眞是使人百讀不厭的絕妙好詩。

第七章　散　文

第一節　自漢至南北朝散文的概況

中國的散文，至戰國時期已經完全成立了。從那時產生了許多哲學家、歷史家的散文作品以後，到了漢代仍有許多哲學家與歷史家的散文作品出現。漢初賈誼的過秦論與治安策，最為後人所傳誦；後之論文學家，受其影響頗深。鼂錯的論策，亦精悍茂密，實為絕妙的論文；他的作品如言兵事書及論貴粟疏等，都很有名。司馬遷是漢代的歷史作家，他的一生精力，大都寄託在史記中。他為人博學具奇才，作風雄肆沉鬱，我們由項羽本紀、李將軍列傳、匈奴列傳等精采的敘述中，可以認識他的寫人敘事的天才是何等卓絕。史記以外，報任安書也是漢代散文中的傑作。劉向是漢代整理舊籍的大家，今所傳如戰國策、列女傳、說苑、新序等，雖都是輯前人的著作，但其中由他修正的地方，定不會少，對於文學方面不無功績。班固的漢書，敘寫的功力也不亞於司馬遷的史記，平實樸素為其特點。王充所著論衡八十五篇，亦為淺近樸實的作品。此外，漢代散文著名作家，尚有董仲舒、匡衡、班彪、蔡邕……等。

漢代散文重要作家，賈誼與班固的事蹟前已述過，茲簡介鼂錯、司馬遷、劉向、王充等的生平如下：

鼂錯（前二七五——前一五四）潁川（今河南禹縣）人。初學申、商刑名之學於軹人張恢，博學能文章：文帝時為太常掌故，後任太子舍人、博士、太子家令等職。景帝時以他為內史，遷御史大夫，親信任事，號爲「智囊」。後以建議削奪諸侯封地，吳、楚等七國藉反對錯爲名，舉兵造反。景帝被迫於三年正月殺錯，但亂兵仍未解，朝野以爲寃。他明於治道，是卓越的政論家，與賈誼齊名。其論策則精悍茂密，實爲很妙的論文，今傳文九篇。

司馬遷（前一四五——前八六）字子長，夏陽（今陝西韓城縣南）人。十歲時就讀了左傳、國語等史書。二十歲時，漫遊各地，到過江蘇、浙江、湖南、湖北等地，在會稽憑弔過大禹的遺跡；在洞庭、沅、湘一帶，曾考古問俗。在山東、河南，考查過孔、孟的故鄉，和中原的史跡古物。初仕爲郎中，奉命至巴、蜀，得遊雲南、四川等地。他的足跡幾乎走遍了當時的整個中國。他的父親司馬談爲漢朝的太史令，談死後，他繼承父志，襲爲太史令，開始著述。天漢三年，因上書救李陵，觸武帝怒，被處腐刑，從此無意於政治，專心著書，寫成我國正史（二十五史）的第一部史書——史記。這一部極有組織的作品，計五十二萬多字，包含着十二本紀、十表、八書、三十世家、七十列傳，共一百三十篇。除記載史事外，也寫出了他涵養豐厚的心胸，實在是一部最偉大的創作。

劉向（前七七——前六）字子政，本名更生，沛人。從小會寫文章，研究天文、神仙方術和經學。宣帝時爲輦郎、散騎、諫大夫等官。元帝時擢爲宗正，並任中郎之職，後爲外戚權貴所陷害，一度下獄，免爲庶人，閒居十多年。成帝即位，召拜中郎，遷光祿大夫，中壘校尉。哀帝建平元年卒，年七十二。他爲人簡易不修威儀，廉潔樂道，不交世俗。曾奉令領校政府藏書，爲當時整理舊籍的大家。今所傳如戰國策、列女傳、說苑、新序等，或由其篇訂，或出之於著作，在文學上都很有功績。

王充（二七——一〇〇）字仲任，會稽上虞（今浙江上虞縣）人。少孤，鄉里稱孝。後到京師，受業太學，師事班彪。博通九流百家之言，後歸鄉里，屛居教授。仕只至州從事職。章帝時曾特詔公車徵用，因病不行；可說一生未曾如何顯達。他是東漢的思想家，以著述爲事，所著論衡八十五篇，抨擊迷信傳說，倡導篤實求是，影響頗大。據說這部書是他閉門潛思絕慶弔之禮，勤苦寫作而成的全部思想的結晶。他是反對「華僞之文」的人，在論衡對作篇裏他說：「論衡之造也，起於衆書並失實，虛妄之言勝眞美也。故虛妄之語不黜，則華文不見息；華文放流，則實事不見。故論衡者，所以銓輕重之言，立眞僞之平，非苟調文飾辭爲奇偉之觀也。」由此可知他對於文學，是提倡樸實質直的。

魏、晉時，散文向着新的途徑進展了。建安、黃初間的散文作者頗多，以建安七子爲最著。孔融的肉刑議、周武王漢高祖論，陳琳的爲袁紹檄豫州、檄吳將校部曲文等，可爲代表作。論者稱此時文風爲「梗概多氣」「雅好慷慨」，是「建安文學革易前型」之所在。太和、正始間的散文，可以何晏、嵇康爲代表。何晏的作品，風格大都淸峻簡約，現存者十四篇，如元名論、無爲論等是。嵇康的作風與何晏不同，他的作品，多壯麗之辭，傑作有聲無哀樂論、難張遼叙自然好學論等。西晉太康永嘉間的文壇風氣，是摒棄玄理，專事辭采的；陸機最足以代表這種風氣。他的散文作品，現存的有辨亡論、謝平原內史表等數十種。東晉的散文作家，首推孫綽，他的作品存者頗多，以諫移都洛陽疏及喻道論爲最著名。

孔融（一五三——二〇八）字文舉，魯國（今山東曲阜）人。他是孔子的二十世孫，有俊才，獻帝時爲北海相，立學校，表儒術，後拜大中大夫。爲曹操所殺。著有詩、頌、碑文二十五篇，今傳有孔北海集輯本一卷。曹丕典論論文對他的批評是這樣的：「孔融體氣高妙，有過人者，然不能持論，理不勝詞，以至乎雜以嘲戲；及其所善，揚、班儔也。」

陳琳（？——二一七）字孔璋，廣陵（今江蘇江都縣）人。初任袁紹記室，曾爲袁紹移書曹操，數其罪過，操適病頭風，讀琳作翕然起愈。袁紹敗，歸依曹操仍爲記室。所作章表健美馳騁，爲曹丕所讚許。典論論文裏說：「琳、瑀之章表書記，今之儁也。」今傳有陳記室集輯本一卷。

何晏（一九〇？——二四九）字平叔，南陽宛（今河南南陽縣）人。文帝時拜駙馬都尉，明帝時爲冗官。齊王即位，進散騎侍郎，遷侍中，尋爲吏部尚書，封關內侯。後坐曹爽事，爲司馬懿所誅。其爲人美姿儀好清談，著有論語集解、道德論等。

嵇康（二二三——二六二）字叔夜，三國時魏都譙郡（今安徽亳縣）人。官拜中散大夫，後爲司馬昭所害。他的思想方面推重老、莊，著有養生論等。

陸機（二六一——三〇三）字士衡，吳郡華亭（今江蘇松江縣）人。他的祖父陸遜，父親陸抗，在吳均有聲勢。吳亡後，他以將門之子退居舊里，閉門勤學，造就成一位駢偶文專家。與其弟陸雲並稱「二陸」。太康末年，二人同入洛，太常張華極器重他們，稱之爲「伐吳之役，利獲二俊」。薦爲祭酒。後事成都王穎，官平原內史，人稱陸平原。爲宦人孟玖與將軍牽秀所譖，被殺。他在當代名氣很大，作品很多，今傳有陸士衡集十卷。

孫綽字興公，太原中都人。博學善屬文。初除著作佐郎，出爲征西參軍，補章安令。後徵拜太學博士，遷尙書郎，歷官至散騎常侍，領著作郎，拜衞尉卿。他的作品存者很多，作風是雅健的。因爲當時文壇玄風熾盛，且於老、莊之外雜以佛理，所以他的作品如喻道論等，可說多受道、釋的薰陶。他在當時影響於文壇者頗大，直到東晉末年始稍殺減。

南北朝的散文，南朝可以顏延之、沈約、徐陵爲代表；他們的作風是崇尚藻飾與駢儷，注重聲律，喜歡用事，作品大都通篇偶句，聲調和諧。駢文至此，已發展至極峯了。北朝作家以溫子昇、邢邵、魏收、王褒、庾信諸人爲最著；作風大都與南朝無異。至作風與南朝迥然不同的作家，則可以酈道元、蘇綽爲代表。前者現存作品有水經注序一篇，水經注四十卷。後者是主張復古的，他的作品都極爲樸實。後來唐代的復古運動或即奠基於此。

顏延之（三八四——四五六）字延年，琅邪臨沂人。自幼孤貧，好讀書，於書無所不覽。宋初舉爲博士，官拜太子舍人。歷始安、永嘉二郡太守，秘書監，光祿勳、太常，孝建中加金紫光祿大夫，卒後贈散騎常侍。他爲文作詩都是「鋪錦列繡」的，所以論者說「侈言用事」的風氣自他開始。

徐陵（五〇七——五八三）字孝穆，東海郯（今山東郯城縣西南）人。八歲能屬文，十二歲通老、莊之義。仕梁爲散騎常侍，尚書左丞等官。梁亡，入仕於陳，官至尚書僕射，光祿大夫，太子少傅。他曾輯古來豔詩，合成爲玉臺新詠，由這部書裏我們可以窺見他所崇拜的作風。他的玉臺新詠序和與楊愔書等作品，都寫得妙緒迴環，極盡巧思，通篇偶句，每句都有典故，聲調非常和諧。

酈道元（？——五二六）字善長，范陽涿鹿（今河北涿鹿）人。初襲爵爲永寧伯，守魯陽郡（今河南的魯山）。孝文帝時，爲尚書主客郎，累遷治書侍御史，輔國將軍，東荊州刺史等職。孝明帝時，除安南將軍，御史中尉，後出爲關右大使，爲蕭寶夤所害。他好學，歷覽奇書。他的作品，現在只存水經注序一篇，水經注四十卷。水經注雖然只是一部地理書，但其內容因水證地，即地考古，廣羅異聞，包容甚豐。文字淸麗宛曲，狀山川之神奇，掇傳說之菁華，宛如一部遊記，眞是引人入勝，自成一家。

蘇綽（四九八——五四六）字令綽，武功人。初以兄讓薦爲行臺郞中，後拜大行臺左丞，官至度支尙書，司農卿。他因見於當時文風日趨華靡，所以主張復古。他的作品如奏行六條詔書和太誥等，都是非常樸質的。

南北朝時，有兩位大文學批評家，是值得我們叙及的，那便是鍾嶸與劉勰。本來從有文學起，就有文學的批評。如孔子曾說過：「辭，達而已矣。」「詩三百，一言以蔽之，曰思無邪。」這都可說是對於文學的批評。然而它畢竟只是零篇斷簡，未能對於某一時代有關文學的各方面作有系統的整個的檢討。直到鍾嶸與劉勰出，中國才有了有組織有系統的文學批評書籍。

鍾嶸字仲偉，潁川長社人。齊永明中爲國子生。入梁，爲臨川王行參軍，衡陽王記室，晉安王記室等職。他的關於文學批評的著作是詩品（原名詩評），品評漢、魏以降詩人一百二十二人，他分析他們作風的來源，論其優劣，分爲上中下三品。每品之前，各冠以序，作品以世代先後篇列，所以他這一著作，實可看作一部詩史。

劉勰字彥和，東莞莒（今江蘇武進縣）人。早孤，篤志好學；家貧，依居於沙門。梁天監初，臨川王引爲記室，後又爲南康王記室，兼東宮通事舍人。後出家，改名慧地，未期而卒。他所作除寺塔及名僧碑誌外，最著名的是文心雕龍五十篇，內容引論古今文體及作法，確是一部傑出的有組織的文評。其書可分爲三部分：原道、徵聖、宗經、正緯、序志五篇是文學通論；辨騷、明詩、樂府、銓賦以至諸子、奏啓、書記等二十一篇是文體論；神思、體性、風骨、通變、定勢、情采以至知音、程器等二四十篇是修辭學。他對於各種文體與修辭的技術，都作詳盡而精闢的申述。南朝的文學因此而鞏固了理論的基礎。

第二節 唐代至清代的散文概況

唐初的散文，可以四傑與陳子昂、張說、李華等來作代表。四傑的作品如王勃的滕王閣序，楊炯的遂州長江縣先聖孔子廟碑，盧照鄰的南陽公集序，駱賓王的爲徐敬業以武后臨朝移諸郡縣檄等作品，像南北朝晚年的徐、庾，文極華靡，所以說他們是因襲齊、梁的。張說的作品，則以宏麗著稱，如開元隴右監牧頌等，雖亦有不少藻飾的句子，但渾茂壯偉，可以說已漸改齊、梁的舊觀。而陳子昂則完全是反抗齊、梁的，他的作品，很少用駢麗藻飾的辭句，明快豪邁爲其特色，作品有諫靈駕入京書等。蕭穎士、李華的散文，則愈顯渾樸簡練。此時的作品，已略具所謂「古文」的規模了。

韓愈、柳宗元出，倡導古文運動，文壇情勢爲之一變，造成近代散文的一大宗派。韓愈主張「爲文宜師古聖賢人」（答劉正夫書），文學家的修養，應該「養其根而竢其實」，應該「行之乎仁義之途，游之乎詩書之源，無迷其途，無絕其源」（答李翊書）。對於前代作者，他推崇孟軻、揚雄等，輕魏、晉以降的作家。他的作品，大都雄厚而奇崛。柳宗元在當時的散文家中，是與韓愈並駕齊驅的，也主張爲文應本之六經。至於作風方面，則與韓愈不同了。他的作品大都是雅健峻潔的。在韓、柳的同派作者中，著名的有李觀、李翺、皇甫湜、沈亞之等。

四傑與陳子昂都是唐初的重要詩人，他們的事蹟與詩歌都已敘述過。茲將其他重要作家簡介於後：

張說（六六七——七三〇）字道濟，洛陽人。永昌中，武后策賢良方正，他爲第一。玄宗時遷中書令，封燕國公，以與姚崇不相容，出守相州與岳州。後復入爲中書令，天寶中卒。當時朝廷大述作多出其手，與許國公蘇頲並稱大手筆。他的散文以宏麗勝。

李華字遐叔，趙郡贊皇（今河北趙縣）人。天寶中除監察御史。晚年去官，客隱山陽，大曆初卒。有文集十卷傳世。在他的散文中。中書政事堂記與盧郎中齋居記作風是簡練遒勁的，十二孝贊序則是異常善於體物的。

韓愈的事蹟與詩歌，前面業已敘述過了。他是唐、宋古文運動的領導人。所謂古文運動，就是反對六朝以來的駢儷唯美文體，而主張恢復周、秦、兩漢的質樸古文。他主張「文以載道」，所謂「道」就是周公、孔子所傳治國平天下之道，也就是儒家所常講的仁義倫常之道。他反對佛家道家的思想生活，提倡忠孝節義。他的文章，氣勢雄偉流暢，內容也極曲折變化，達意抒情，都能生動感人。蘇軾讚美他說「文起八代之衰」，以爲是東漢、魏、晉、宋、齊、梁、陳、隋以後的劃時代作家。這話雖不免有些誇張，但韓愈的文章在唐代總是別開生面的。以復古爲解放，對於後來的文體影響很大，眞可說是成就卓越。

柳宗元的事蹟，也在詩歌一篇裏介紹過了。他和韓愈同爲提倡古文運動的兩位大家。也是唐、宋八大家之一。他於周、秦諸子的書，讀得很多，同時研究過佛經，所以他的思想很活潑自由，作品中如送薛存義序，是闡明民權的；天說近於地質學；斷刑論、貞符兩篇，則是掃除迷信的。他所寫的寓言如：捕蛇者說、蝜傳、三戒、梓人傳、種樹郭橐駝傳、黔之驢等，都是獨立的短篇，較之周、秦諸子所寫片言隻語的寓言，可說有趣得多，同時也更富有文學的意味。他的遊記寫得更好，也許是因爲他曾被貶到過山水清秀的永州和柳州，置身於優美環境中的成就；許多作品都成了千古佳作。他也曾作了很多有價值的考證古書眞僞的文章，如辯文子、辯列子、辯論語二篇、辯晏子春秋等，在當時可算是少有的文章。

李觀字元賓，李華的從子。他是韓愈的朋友，與韓愈同舉進士，終太子校書郎，卒年只二十九。他的文章本出韓愈之上，因早卒「其文未極」。就他的鼂錯論與謁夫子廟文諸篇看來，作風是奔放的，論者說他「每篇得意處，如健馬在御，蹀蹀不能止」。

李翺字習之，趙郡（今河北趙縣）人。幼勤於學，博雅好古。德宗貞元十二年識韓愈於汴州，訂爲兄弟交；論文析道，學識日進。貞元十四年舉進士，憲宗元和初爲國子博士，後官至山南東道節度使。他與韓愈交二十九年，且爲韓之姪壻，故思想作風均受其影響。他的學問淵博，文章安雅渾厚，平正暢達，析理論事，均能平實深入，爲時人所推重。所著有李文公集十八卷，及論語筆解二卷等。

皇甫湜字持正，睦州新安人。擢進士第，初爲陸渾尉，後仕至工部郎中。他的古文也是出於韓愈的，所以作風奇崛，而設色穠麗則有過之，裴度說他是「不羈之才」。著有皇甫持正文集六卷。

沈亞之字下賢，吳興人。他是中唐的小說家，工詩及傳奇文。在散文方面，他師韓愈而與皇甫湜爲友，故其作品也務爲奇崛。著有沈下賢集傳世。

「古文」在晚唐呈中衰現象。宋代繼起，這種情形仍未大變。宋初作者如楊億、劉筠等，都以浮靡哆麗相尙。而希慕韓、柳的作者如柳開、石介、穆修、尹洙等，則主張復古運動。到了慶曆以後，宋代古文便達到它的全盛時代。此時作者極多，而負古今盛名可與唐代韓、柳並稱的，有歐陽修、蘇洵、曾鞏、王安石、蘇軾、蘇轍等六位。此六人中以歐陽修、王安石、蘇軾爲最傑出。

歐陽修的生平與事蹟，已在詩歌篇敍述過了。他以早年熟讀韓昌黎文集，思想上文章上都深受韓愈的影響；盛倡文章爲「載道」「致用」之說。他的作品委曲紆徐，神韻縣邈，說理剴切，敍事簡練，抒情眞摯，羣推爲兩宋第一大作家。三蘇父子、曾鞏、王安石等作古文，可說都受他的影響。也因爲他的提攜讚美，才名滿於當時。王安石批評他說：「形於文章，見於議論，豪健俊偉，怪巧瑰琦，其積於中者，浩如江河之停蓄；其發於外者，爛如日星之光輝；其清音幽韻，淒如飄風急雨之驟至；其雄詞閎辨，快如輕車駿馬之奔馳。」蘇軾也說：「著於禮樂仁義之實，以合於大道，其言簡而明，信而通，引物連類，折之於至理，以服人心。」由此可見其文章「載道」「致用」的一般。

蘇洵（一〇〇九——一〇六六）字明允，眉州眉山（今四川眉山縣）人，祖籍趙郡欒城（今河北欒城），故多署「趙郡蘇洵」。初遊蕩不學，年二十七始發憤讀書。以舉進士及舉茂才異等皆不第，而盡焚常所爲文，閉戶讀書，遂通六經百家之學，尤喜孟子、韓愈之文，日能下筆數千言。張方平知益州，盛讚其文，以爲似司馬子長。仁宗嘉祐元年，洵攜長子軾，次子轍，由蜀至汴京，韓琦、歐陽修等皆重其文章。修呈其所著書二十二篇於朝，三蘇文名遂傾動天下。蘇洵的文章長於議論，博綜經史，簡鍊勁峭，犀利明快，而主旨在於經世。他是唐宋八大家之一，今傳有蘇老泉先生集二十卷。

曾鞏（一〇一九——一〇八三）字子固，南豐（江西南豐）人。幼穎敏，年二十即已才名聞於四方，歐陽修對他的文章很爲讚賞。仁宗嘉祐二年登進士第。歷知齊、襄、洪、福、明、亳、滄諸州，所在多政績；神宗時拜中書舍人，以丁母艱去職，未久而卒。他爲文原本六經，斟酌暢達，曲盡事理，風格像劉向、班固；明、清言古文者，多取法於他，學者稱爲南豐先生。著有元豐類稿五十卷行世。

王安石的生平已在詩歌篇裏加以介紹了。他爲人忠正清廉，風義孝，友學問文章，爲當時的敵黨友黨所公認。他的文章的特點是：簡勁鋒利，意境至高，思想深入，能以短篇表現複雜曲折的思想情感。記事務持大體，重於剪裁，雖作應酬文字，也不敷衍對方的意思雜入冗贅的詞句。論辯直攻要害，不亂以浮詞游說，務使意溢於文。舊派蘇軾爲他作的贈太傅勅裏說：「名高一時，學貫千載，智足以達其道，辯足以行其言。瑰瑋之文，足以藻飾萬物；卓絕之行，足以風動四方。」又說：「網羅六藝之遺文，斷以己意；糠粃百家之陳跡，作新斯民。」是很公平的批評。他的著作很多，範圍極廣，可惜多已佚亡。今傳有臨川集一百卷，周禮新義十六卷等。

蘇軾的生平已詳詩歌篇。他早歲成名，遍交當代作者，出入翰苑，廣讀中秘典籍。政治生活亦因緣複雜，波瀾縱横，言事則慷慨忘身，廢放則嘯傲自適。一生奔波，足跡遍全國，無不見之景物，無不解之人生，得頴悟於禪門，學達觀於道書。他作古文，遠師韓愈，近法歐陽修，豪放瑩澈似莊子，縱横排宕像戰國策。他的天才至高，學問最博，思想極爲解放，感情最爲眞摯，所以他的作品傳誦極盛。現在流傳的本子有東波七集一百一十卷。

蘇轍（一〇三九——一一一二）字子由，晚年自號頴濱遺老。生於仁宗寶元二年，卒於徽宗政和二年，壽七十四歲。他是古文家蘇洵的第二個兒子，大詩人蘇軾的弟弟，世稱小蘇，與父兄並稱爲三蘇。十九歲與兄同榜舉進士，受知於考官歐陽修。累官御史中丞，尚書右丞，門下侍郎等職。他的文章汪洋簡潔，似其爲人。早年才情俊逸，極似東坡。晚歲則以屢受貶謫，避禍之念甚深，務爲平實枯寂，讀之使人索然意盡。當他四十歲監筠州酒稅時，斐然有著作之志，欲注釋詩經、春秋、老子、纂修古文，晚年皆成書。他的詩文自編爲欒城集，共八十四卷。

宋朝南渡後，文風漸衰。這一時期的散文作者，可以「道學派」的鉅子朱熹和「功利派」的鉅子陳亮二人爲代表。

朱熹（一一三〇——一二〇〇）字元晦，號晦菴，別署雲谷老人、滄洲病叟、遯翁等。原籍徽州婺源（今安徽省縣名）。幼聰明穎悟，十九歲登進士第，歷事高宗、孝宗、光宗、寧宗四朝，累官轉運副使，煥章閣待制，祕閣修撰，寶文閣待制。他很崇拜曾鞏，所以他的散文也以醇厚典雅見長，毫不矜才使氣。他的著作極多，後人輯其總目及有關著作，得八十一種。最重要者爲四書章句集註十九卷。

陳亮（一一四三——一一九四）字同甫，永康（今浙江金華縣）人。爲人「才氣超邁，喜談兵」。高宗、孝宗、光宗三朝一再上書論國事。紹熙四年，光宗親策進士，擢他爲第一人，授僉書建康府官廳事，未到官而卒。他很喜歡歐陽修的文章，但作風則不同。雄肆奔放是其特點，代表作如上孝宗皇帝書、中興五論等，都很有名。著作有龍川文集、龍川詞等。

金、元兩代的文風，都是因襲宋人的。金代的作者首推趙秉文與元好問。元代作者則以姚燧與虞集爲代表。趙秉文論者把他比作宋代的歐陽修，作品「長於辨析」，有中說、西漢論等。元好問是金末的大詩人，也是重要散文家，他的作品有「正大明達」「無奇纖晦澀之語」的好評。姚燧的作品，時有摹擬尚書的地方，作風雄渾而奇倔。虞集的作品，如曹南王世德碑、克復堂記等，都很著稱。

明初散文重要作者，有宋濂、方孝儒、劉基等三人。而宋濂的地位尤高，論者稱他的散文「雍容渾穆，如天間良驥，魚魚雅雅，自中節度」。

弘治（孝宗）正德（武宗）年間，有所謂「唐宋派」和「秦漢派」的出現。唐宋派以李東陽爲代表，其代表作有送屠元勳序等。秦漢派著名者有李夢陽、何景明、邊貢、徐禎卿、康海、王九思、王廷相等，謂之「弘正七子」，以李夢陽爲首，作品雖雄奇高古，一時學者「翕然從之」者亦不乏其人，但可惜摹擬剽竊過甚，在文學上實談不上眞實價値。

嘉靖時的歸有光和李攀龍，分別代表着這一時期的「唐宋派」及「秦漢派」。歸有光應居明代散文作家的第一位，他是反對李夢陽諸人極端復古主張的最著稱者。文章冲淡雋逸，不事塗飾，論者比之於韓、歐，清代的「桐城派」對他尤極推崇。李攀龍、王世貞、謝榛、宗臣、梁有譽、徐中行、吳國綸諸人，稱「嘉靖七子」，李的文章則有「斑駁陸離，如見秦漢間人」之稱。

宋濂（一三一〇——一三八一）字景濂，浦江人。少年時代英敏苦學，曾從吳萊、柳貫、黃縉諸人求學，得以成名。初隱居於龍門山，埋頭著書。洪武初應太祖的聘請，作江南儒學提舉，又教太子讀經書，並命他作撰修元史的總裁，累轉至翰林學士，承旨、知制誥（掌管撰寫皇帝詔書的職務）。到六十八歲才退休。後以長孫宋愼受胡惟庸的牽累，全家被放逐去茂州，行至夔州得病而卒。他的文章曲折暢達，爲明初的第一位大作家，著作有宋文憲集、龍門子、浦陽人物記、篇海類編、潛溪集和元史等。

李東陽（一四四七——一五一六）字賓之，號西涯，茶陵人。天順初舉進士，累遷侍讀學士，晉禮部尚書，兼文淵閣大學士。當永樂、成化間，楊士奇、楊榮、楊溥等，以文雅見任，登入臺閣，產生所謂「臺閣體」。這類作品雖有「博大昌明」「雍容閒雅」之美，但多流於膚廓冗長。至李東陽出，以「莽莽滔滔」的作風一洗這種陋習。他的著作有懷麓堂集。

李夢陽（一四七二——一五二九）字天賜，更字獻吉，慶陽（今甘肅安化縣）人。弘治初舉進士，授戶部主事。武宗時，以代草奏劾劉瑾，得罪下獄，後免官歸里。劉瑾被誅，起爲江西提學副使。嘉靖時卒。他爲「弘正七子」之首，是明代散文中「秦漢派」的創始者，主張文必秦漢，詩必盛唐。他的才思頗爲雄駿，作品可謂雄奇高古，著有空同子集。

歸有光（一五〇六——一五七一）字熙甫，江蘇崑山人。九歲能文章，弱冠通五經三史。世宗嘉靖十九年舉鄉試第二，年已三十五。赴京會試八次不第，遂退居嘉定安亭江上，講學著文凡二十年，弟子常有數百人，學者稱爲震川先生。嘉靖四十四年，年六十歲，始成進士，授湖州長興知縣，頗有治績。隆慶五年卒，壽六十六歲。他是明代八股文大家，謀篇遣詞，明淨有法度。喜歡讀司馬遷、韓愈、歐陽修的文章。反對當時李攀龍、王世貞等模擬秦漢的作風，以唐宋文從字順的古文爲楷模。所作頗多名篇，黃宗羲作明文案序說：「議者以震川爲明文第一，似矣。」他的文章的好處，在於淸淡自然，能用簡約平凡的字句，表現眞摯的感情。淸代桐城派作者方苞、姚鼐、曾國藩等對他都極推重。著作有震川文集四十卷，三吳水利錄四卷，易經淵旨一卷，文章指南五卷等。

李攀龍（一五一四——一五七〇）字于鱗，歷城人。嘉靖中舉進士，除刑部主事，歷郎中，出知順德府，升陝西提學副使，尋稱病歸里。家居頗久，復出任河南按察使。隆慶初卒。他的才力殊富健，代表着嘉靖時的秦漢派。

清代的散文，應自桐城派的始祖方苞敘起，其文嚴於「義法」，所作均上規史、漢，下仿韓、歐，著有望溪集八卷。自他以後，從之者踵起。以他爲桐城人，所以遂有桐城派的形成。較方苞稍晚而爲其所推重的爲劉大櫆，其代表作有胡孝子傳等。

把桐城派發揚光大的是姚鼐，他本學古文法於劉大櫆，著有惜抱軒文集二十卷。他的文論是：「義理、考據、詞章三者不可闕一；必義理爲幹，然後文有所附，考據有歸。」他的門人管同、梅曾亮、方東樹、姚瑩、劉開等，也是這派的健將。曾國藩爲文亦推崇桐城派，惟不願陳陳相因，嘗以爲文必精於考據。其散文有曾文正公集八卷傳世。他的門人李元度、薛福成、黎庶昌、張裕釗、吳汝綸等，也都極尚散文。

方苞（一六六八——一七四九）字靈皐，號望溪，安徽桐城人。大學士李光地對他的文章特別讚賞，歎爲「韓、歐復出，北宋後無此作。」康熙四十五年成進士，尚未廷試，聞母有疾，遽歸。後五年，以戴名世南山集中有毀清文字，大興文字之獄，他因曾爲之作序，亦牽連下獄。他在獄中猶著書自如，不以爲意。賴李光地等營救得出獄。後充武英殿總裁。乾隆初，官至禮部右侍郎。十四年卒，壽八十二歲。他的文章嚴於「義法」，自說非闡道、翼教，有關人倫風化不苟作，所以他的文章也是載道的。著有望溪集八卷。

姚鼐（一七三一——一八一五）字姬傳，一字夢穀，安徽桐城人。少家貧，體弱多病。受經於伯父範，學古文於同邑劉大櫆。乾隆二十八年舉進士，歷官翰林院庶吉士，兵部主事，刑部郎中。曾任山東、湖南副考官。四庫館開，爲纂修官。後以病乞假歸，主梅花、鍾山、紫陽、敬敷諸書院講席，凡四十年，以教育後進爲務。嘉慶二十年，卒於鍾山，年八十五。因家有惜抱軒，取陶潛「素抱深可惜」詩句命名，故學者稱爲惜抱先生。他是桐城派的發揚光大者，所輯古文辭類纂一書，百餘年來盛行於世，實爲桐城派所崇仰的文章。他在序中說：「所以爲文者八，曰神理氣味格律聲色，神理氣味者，文之精也；格律聲色者，文之粗也。」所以他的散文專致力於神理氣味。

曾國藩（一八一一——一八七二）字伯涵，號滌生，湖南湘鄉人。道光十八年舉進士。在北京做過翰林院庶吉士、侍講、侍講學士、國史館協修官、文淵閣校理、日講起居注官，總計有十年的光景。這期間因爲官職清閒，專門從事於研究學問文章，跟隨倭仁、唐鑑等講理學，跟邵懿辰、何紹基等講文字學，跟梅曾亮等研究桐城派的古文，奠定了學問文章的基礎。三十九歲後，歷任禮部右侍郎、兵部、工部、吏部左侍郎等職。洪、楊之役，以軍功封侯，爲同治中興功臣第一。後以大學士督兩江，在政治上也很有成就。因勞累過度卒於官，死後贈太傅，諡文正。他在文章上深受姚鼐的影響，標榜義理、考據、辭章不可偏廢，想融和理學家、漢學家、辭章學的優點，自創一種學術。他的文章的特徵是思想周密，情感眞摯，氣勢充沛，叙事說理，都能達到委婉暢達的境地。最流行的是他的家書，細膩周詳，講聖賢的道理，而又充滿人情味兒，在我國是很少見的作品。他的著作有曾文正公集八卷，求闕齋日記四卷，選輯有經史百家雜鈔、十八家詩鈔等書。

第八章　詞　曲

第一節　概　說

詞在文學中是後起的一體，一名「詩餘」，又稱爲「長短句」。它的來源可作如下的解釋：「詞是一種樂府詩，它的形式，因爲協樂的緣故，往往是長短句；它的韻律，也因爲協樂的緣故，比詩更嚴格。但實質却是和詩一樣的，以情感爲它的靈魂；可以說是詩的一體。」由此，則可說詞是樂府歌曲的產兒。

詞可以歌唱。有一部分是先作詞後作曲的；但大部分都是根據舊有的樂曲而塡上詞句的。所以每篇的格式、句數、字數、平仄，都有嚴格的規定。詞最早有「小令」，次有「中調」，兩宋盛行「長調」。詞律以五十八字以內爲「小令」，五十九字至九十字爲「中調」，九十一字以上爲「長調」。最小詞自十六字起令，最多至二百四十字止。據淸康熙欽定詞譜所收，共八百二十六調，二千三百零六體，可見詞調複雜的一般了。

詞的分類，或以詞的風格分爲豪放的與婉約的兩類；或以詞的長短分爲小令、中調、長調三類。今之學者則以其描寫的對象分爲十一類：爲艷情詞、閨情詞、鄉思詞、愁別詞、悼亡詞、歎逝詞、寫景詞、詠物詞、祝頌詞、詠懷詞、懷古詞等。如以詞的體裁來分，則有令、引、近、慢、三台、序子、法曲、大曲、纏令、諸宮調、曲破、纏踏、鼓吹曲、摘遍、疊韻、聯章等十六種；其中除令、引、近、慢、三台、序子都是散詞外，其餘的都是成套的詞。

「曲」是由詞的演進而來，所以又名「詞餘」。他也是樂府的一體。曲分「散曲」和「戲曲」；「戲曲」屬於戲劇，不在本章叙述。兩者的分別是：散曲爲叙述體，戲曲爲代言體。戲曲合音樂、動作、文辭而成，散曲則無動作。

散曲近於詩歌，它繼詞而起，萌芽於宋、金，大盛於元、明，衰竭於清代。散曲又分「小令」和「套數」。「小令」一名「葉兒」，普通小令和詞中的「令」差不多，大都篇幅很短；此外，又有摘遍、重頭、帶過曲、集曲數種。「套數」也稱爲「散套」，合一宮調的曲若干而成，其體相當於詞中的「賺詞」；此外又有重頭加尾聲、無尾聲兩類。散曲有南北之分，元人所作爲北曲，明人所作爲南曲。南北曲之別，除了所用曲調不同外，北曲無入聲，南曲則四聲兼用。

第二節　詞

唐大歷長慶間，韋應物、白居易、劉禹錫等著名詩家，寫出長短句的歌辭後，詞體便算確立了。晚唐溫庭筠是最初的一個詞的專家，最長於抒寫艷情。他創調極多，在詞史上，要算是一位開山大師，五代的詞人，受他的影響極大。

溫庭筠的生平與詩歌，前面已經簡略的介紹過了。他所作的詞，今存六十餘首，散見於花間、尊前諸集。溫詩以酬應寫景爲多，輕俏率易，時所不免。詞則華艷婉約，兩極其妙；爲花間一派鼻祖。吳梅詞學通論說：「唐至溫飛卿，始專力於詞，其詞全祖風騷，不僅在瑰麗見長。陳亦峯曰：所謂沉鬱者，意在筆先，神餘言外。寫怨夫思婦之懷，寓孽子孤臣之感。凡交情之冷淡，身世之飄零，皆可於一草一木發之。而發之又必若隱若現，欲露不露，反復纏綿，終不許一語道破，非獨體格之高，亦見性情之厚。此數語惟飛卿足以當之。」又說：「飛卿之詞，極長短錯落之致矣。而出詞都雅，尤有怨悱不亂之遺意。論詞者必以溫氏爲大宗，而爲萬世不祧之俎豆也，宜哉。」其菩薩蠻詞曾見賞於宣宗，而竟以「德行無取，徒負不羈之才，罕有適時之用。」終淪落而死。玆抄錄他的詞幾首，以供欣賞：

菩薩蠻

玉樓明月長相憶，柳絲裊娜春無力。門外草萋萋，送君聞馬嘶。　畫羅金翡翠，香燭銷成淚。花落子規啼，綠窗殘夢迷。

更漏子

玉爐香，紅蠟淚，偏照畫堂秋思。眉翠薄，鬢雲殘，夜長衾枕寒。　梧桐樹，三更雨，不道離情正苦！一葉葉，一聲聲，空階滴到明。

憶江南

梳洗罷，獨倚望江樓；過盡千帆皆不是，斜暉脈脈水悠悠，腸斷白蘋洲。

五代是一個詞的時期，陸游花間集跋說：「詩至晚唐、五季，氣格卑陋，千人一律；而長短句獨精巧高麗，後世莫及。」五代的詞盛於西蜀與南唐，而尤以西蜀爲最盛。花間集所錄多半爲蜀中詞人。其首出者當推韋莊，其他重要者有顧夐、毛熙震、李珣、鹿虔扆、牛嶠、牛希濟、毛文錫、薛昭蘊、魏承班、尹鶚、閻選、歐陽炯等。南唐詞壇雖不及西蜀之盛，而作者則造詣甚高，最著者爲馮延巳與李煜。

馮延巳影響宋代詞風至大，因爲他的詞，婉約淸麗，饒有情致，便於模擬所致。李煜的詞，在亡國以前多是綺豔輕浮之作；亡國以後，因感到生活悲苦，發爲哀吟，他的作品才得到了最大的成功，而被後世稱之爲詞中聖品。此外，南唐作家尚有後主（李煜）的父親李璟及張泌等。

韋莊（八五一——九一〇）字端己，杜陵（今陝西杜陵）人。少孤貧，力學，才敏過人。唐乾甯元年成進士。入蜀爲王建掌書記。王建稱帝，官至散騎常侍，判中書門下事。僖宗中和癸卯（八八三）時，他赴長安應試，恰遇黃巢之亂，藉爲匪所俘之一秦女寫流寇之殘暴，作了一首一千六百六十六字的秦婦吟長詩，詩裏有「內庫燒爲錦繡灰，天街踏盡公卿骨」之句；時人稱爲「秦婦吟秀才」。然而他的詩只有此一傑作，其餘並無出色之處。至於他的詞，則風流倜儻，冠絕一時，與溫庭筠齊名，號稱「溫、韋」。作品今存五十餘首。例如：

菩薩蠻

洛陽城裏好風光，洛陽才子他鄉老。柳暗魏王堤，此時心轉迷。　桃花春水淥，水上鴛鴦浴。凝恨對斜暉，憶君君不知。

女冠子

四月十七，正是去年今日。別君時，忍淚佯低面，含羞半斂眉。　不知魂已斷，空有夢相隨。除却天邊月，沒人知。

西蜀詞人的作風，都接近韋莊一派，用淸婉的語句寫淺顯的情思，可謂別具風味。例如：

顧敻（仕蜀爲太尉）的訴衷情：

永夜抛人何處去？絕來音。香閣掩，眉斂，月將沉。爭忍不相尋？怨孤衾：換我心爲你心，始知相憶深。

毛熙震（蜀人，官秘書監）的清平樂：

春光欲暮，寂寞閑庭戶。粉蝶雙雙穿檻舞，簾捲晚天疎雨。　含慾獨倚閨帷，玉爐烟斷香微，正是銷魂時節，東風滿院花飛。

李珣（梓州人，蜀秀才）的漁父詞：

避世垂綸不記年，官高爭得似君閑？傾白酒，對青山，笑指柴門待月還。

鹿虔扆（後蜀太保）的臨江仙：

金鎖重門荒苑靜，綺窗愁對秋空。翠華一去寂無蹤。玉樓歌吹，聲斷已隨風。　烟月不知人事改，夜闌還照深宮。藕花相向野塘中，暗傷亡國，清露泣香紅。

歐陽炯（八九五——九七一）益州華陽人。事前後蜀，官至宰相；後入宋，官翰林學士。宋史稱其「性坦率，無檢操，雅善長笛」。後人因他歷事四朝，甚不取其人。他要算是西蜀詞人的殿軍，作風極其委婉，確實值得讚美。例如更漏子：

玉闌干，金甃井，月照碧梧桐影。獨自箇，立多時，露華濃濕衣。　一向凝情望，待得不成模樣。雖叵耐，又尋思：爭生嗔得伊？

馮延己（九〇三——九六〇）字正中，廣陵（今江蘇省江都縣治）人。少有膽識，以文學見稱於時。初以白衣見李昪（南唐烈祖）爲祕書郎。李璟爲元帥時，用他掌書記。璟卽帝位，他累官左僕射同平章事。建隆元年卒。他的詞亦長於寫情，大都不尚藻飾。如：

歸國謠

江水碧，江上何人吹玉笛？扁舟遠送瀟湘客。蘆花千里霜月白，傷行色，來朝便是關山隔。

憶江南

今日相逢花未發，正是去年別離時節。東風次第有花開，恁時須約却重來。　重來不怕花堪折，祇恐明年花發人離別。別離若向百花時，東風彈淚有誰知。

馮延己有陽春集傳世，陳世修在陽春集序裏說：「馮公樂府，思深詞麗，韻逸調新。」王國維在人間詞話裏說：「馮正中雖不失五代風格，而堂廡特大，開有宋一代風氣。」的確，宋代詞人晏殊、歐陽修、晏幾道、李淸照等，都頗受他的影響。

李煜（九三七——九七八）即南唐後主，字重光，中主李璟的第六子。少聰悟，善讀書，工書畫，精音律。初封爲安定郡公，後徙吳王。年二十五立爲太子，中主卒，嗣位於建康。在位十五年。宋太祖開寶八年，宋將曹彬攻陷金陵，後主率大臣肉袒出降，南唐遂亡。亡國以後，宋帝封他爲違命侯，監視得很嚴，使他生活上感到非常悲苦。所以他的詞也先後迥異，亡國以前都是綺麗溫豔的；亡國以後，因絕望而發爲哀吟，滿口恨愁，刺人心肺。他之所以成爲古今第一詞人，實在是環境造成的。今錄數詞以供欣賞：

長相思

雲一緺，玉一梭，澹澹衫兒薄薄羅；輕顰雙黛螺。　秋風多，雨相和，簾外芭蕉三兩窠，夜長人奈何！

憶江南

多少恨，昨夜夢魂中，還似舊時遊上苑，車如流水馬如龍，花月正春風。

相見歡

無言獨上西樓，月如鈎，寂寞梧桐深院鎖清秋。　剪不斷，理還亂，是離愁，別是一般滋味在心頭。

浪淘沙

簾外雨潺潺。春意闌珊，羅衾不耐五更寒。夢裏不知身是客，一晌貪歡。　獨自暮凭欄。無限江山，別時容易見時難。流水落花春去也，天上人間？

虞美人

春花秋月何時了？往事知多少！小樓昨夜又東風，故國不堪回首月明中！　雕闌玉砌應猶在，只是朱顏改。問君能有幾多愁？恰似一江春水向東流！

李後主的詞，眞可說是聖品。拿溫庭筠、韋莊的作品來和李後主比較，便可顯出李後主的偉大。周濟論詞雜著說：「王嬙西施，天下之美婦人也，嚴妝佳，淡妝亦佳；麤服亂頭，不掩國色。飛卿嚴妝也，端己淡妝也，後主則麤服亂頭矣。」王國維人間詞話也說：「溫飛卿之詞，句秀也；韋端己之詞，骨秀也；李重光之詞，神秀也。」這些可說都是確切的批評。李後主今傳詩詞五十餘首，他的詞與李璟詞合輯，名爲南唐二主詞。

宋朝是詞的黃金時代。蓋此一時期文學的趨勢，已由詩轉而爲以詞作中心的發展了。當其盛時，上自帝王卿相，下至販夫賊寇，無不能詞，且有作品流傳。北宋初期，可以說是小詞的時期，當時的主幹作家有晏殊、歐陽修、晏幾道等。宋仁宗以後，由小詞時期進入慢詞時期，當以柳永、張先、秦觀諸人爲主幹。蘇軾作詞，超越了「詞爲艷科」的狹隘範圍，變婉約的作風爲豪放的作風；擺脫了詞律的嚴格拘束，自由去描寫，使詞體進入了大解放時期。人們都說蘇軾是「以詩爲詞」，說他的詞是「曲子中縛不住者」。所以這一時期，也稱之爲詩人的詞的時期。以蘇軾、黃庭堅爲主幹。蘇、黃以後的詞人，以他們的詞不復可歌，不管聲律格調，起來倡導歌詞，把詞和樂府再合攏起來，這一時期，可稱爲樂府詞的時期。以周邦彥、李清照諸人爲主幹。

晏殊（九九一——一〇五五）字同叔，江西臨川人。幼聰慧，眞宗景德初，以神童召試，賜同進士出身。仁宗慶曆初，官拜集賢殿學士，同中書門下平章事。至和初卒，諡元獻。他的詞風，全從五代人詞中得來，是宋代小詞時期的先進作家。著有珠玉詞一卷。詞如：

清平樂

紅牋小字，說盡平生意。鴻雁在雲魚在水，惆悵此情難寄。　斜陽獨倚西樓，遙山恰對銀鉤。人面不知何處，綠波依舊東流。

浣沙溪

一曲新詞酒一杯。去年天氣舊亭臺。夕陽西下幾時迴？　無可奈何花落去，似曾相識燕歸來。小園香徑獨徘徊。

歐陽修的生平與詩歌文章，已如前述。他是宋代一位負文譽極高的文學家，詩詞文章都著稱於世。他的詞宛約清麗，瀟灑纏綿，無不曲盡其妙。風格近似馮延己，所以他的詞往往與馮詞相混。然而歐陽修的才氣較大，所作的詞，意境沉着，情致高妙，似較馮延己的作品要高一籌。我們舉他幾首抒情的小詞爲例：

南歌子

鳳髻金泥帶，龍紋玉掌梳；走來窗下笑相扶，愛道「畫眉深淺入時無」？　弄筆偎人久，描花試手初。等閑妨了繡工夫，笑問鴛鴦二字怎生書？

蝶戀花

庭院深深深幾許？楊柳堆烟，簾幕無重數。玉勒雕鞍遊冶處，樓高不見章台路。　雨橫風狂三月暮，門掩黃昏，無計留春住。淚眼問花花不語，亂紅飛過秋千去。

歸國謠

何處笛？深夜夢回情脈脈，竹風簷雨寒窗隔。離人幾歲無消息。今頭白，不眠特地重相憶。

看了這幾首詞，或者有人會懷疑，這不可能是莊嚴衛道的古文大家的筆下產物，然而這正是眞情感的流露呢！

晏幾道字叔原，號小山。晏殊的第七子。他的行事多不可考，只知道他曾監潁昌許田鎭。他是個浪漫不喜拘檢的人，一生浮沉酒中，以寫詞來娛自己，著有小山詞一卷。他的詞有乃父作風，而艷麗則有過之。如：

蝶戀花

醉別西樓醒不記，春夢秋雲，聚散眞容易。斜月半窗還少睡，畫屏閒展吳山翠。　衣上酒痕詩裏字，點點行行，總是淒涼意。紅燭自憐無好計，夜寒空替人垂淚！

鷓鴣天

小令尊前見玉簫，銀燈一曲太妖嬈。歌中醉倒誰能恨，唱罷歸來酒未消。　春悄悄，夜迢迢，碧雲天共楚宮腰。夢魂慣得無拘檢，又踏楊花過謝橋。

柳永字耆卿，初名三變，崇安人。他的生卒不甚可考，大約是十一世紀上半期的人。仁宗景佑元年，登進士第，官至屯田員外郎，世號柳屯田。他的詞以旖旎平易見稱，著有樂章集。據學者考證，在他的樂章集以前，還沒有慢詞，就現有歷史資料證明，他是慢詞的首倡者。吳曾能改齋漫錄說：「按詞自南唐以來，但有小令。慢詞當起於宋仁宗朝。中原兵息，汴京富庶，歌台舞席，競睹新聲。耆卿失意無俚，流連坊曲，遂盡收俚俗語言，編入詞中，以便伎人傳習。一時動聽，散播四方。其後東坡、少遊、山谷輩相繼有作，慢詞遂盛。」李清照在詞論裏這樣說：「始有柳屯田永者，變舊聲，作新聲，出樂章集，大得聲稱於世。」這裏所說新聲的歌辭便是「慢詞」。

柳永在少年時，詞譽就很高了。葉夢得避暑錄話說他：「爲舉子時，多遊狹邪。善爲歌詞，教坊樂之。每得新腔，必求永爲詞，始行於世。」然而他却受了作詞之累，弄得一生落拓。那是因爲他的鶴冲天詞中，寫了一句「忍把浮名換了淺斟低唱」，而爲仁宗所黜的緣故。柳詞頗爲一般民衆所歡迎，陳師道后山詩話說：「柳三變作新樂府，骫骳從俗，天下詠之。」葉夢得避暑錄話也說：「嘗見一西夏歸朝官云：凡有井水處，即能歌柳詞。」由此可見柳詞傳播之廣。在這一時期的詞壇上，他要算是最有勢力的一個。

張先（九九〇——一〇七八）字子野，烏程（今浙江省吳興縣）人。嘗知吳江縣，官至都官郎中。他的詞名在當時是很高的。因詞中有「心中事，眼中淚，意中人」之句，人亦稱他為張三中。他却自號張三影，那是因為他的詞有：「雲破月來花弄影，」「嬌柔嬾起，簾壓捲花影，」「柳徑無人，墜輕絮無影」三句，為他生平最得意之作的緣故。他的小詞，接近晏殊、歐陽修一派，長詞則接近柳永一派，與柳齊名。著有安陸集一卷。詞如卜算子漫：

溪山別意，烟樹去程，日落采蘋春晚。欲上征鞍，更掩翠簾回面相盼：惜彎彎淺黛，長長眼。奈畫閣歡遊，也學狂花亂絮飛散。　水影橫池館。對靜夜無人，月高雲遠。一餉凝思，兩眼淚痕還滿。難遣！恨私書又逐東風斷。縱夢澤層樓萬尺，望湖城那見？

秦觀（一〇四九——一一〇〇）字少游，一字太虛，學者稱為淮海先生，揚州高郵（今江蘇高郵縣）人。少豪雋慷慨，志大而見奇。讀兵家書，於治盜賊，籌邊防，都有獨得之見。神宗元豐八年，登進士第。哲宗時，因蘇軾薦，除秘書省正字，兼國史編修官。後坐黨籍，屢遭徙放。徽宗立，放還。行至藤州而卒。著有淮海集四十卷，存詞八十餘首。他本是蘇門四學士之一，在四學士中，蘇軾對他尤極器重，稱為「今之詞手」。但他的詞却全與蘇軾不同調，作風傾向柳永，長詞尤與柳永相似。秦詞善用口頭詞句，寫情寫景都極深刻，音節鏗鏘，韻味妍麗，為雅俗所共賞。詞如：

浣溪沙

漠漠輕寒上小樓，曉陰無賴似窮秋，淡烟流水畫屛幽。　自在飛花輕似夢，無邊絲雨細如愁。寶簾閒挂小銀鈎。

江城子

西城楊柳弄春柔，動離憂，淚難收。猶記多情，曾爲繫歸舟。碧野朱橋當日事，人不見，水空流。

韶華不爲少年留，恨悠悠，幾時休？飛絮落花時候，一登樓：便做春江都是淚，流不盡，許多愁！

蘇軾的生平詩歌與散文已如前述。他在文學上是有多方面造諧的作家，無論詩、詞、散文，都是不受前人的拘束，而具有獨創的風格。他的詞尤其出色，一方面超越了「詞爲艷科」的狹隘範圍，變婉約的作風爲豪放的作風；一方面又擺脫了詞律的嚴格拘束，自由去描寫。自他出來以後，宋詞便不再與五代詞混同，而有其異趣了。胡寅說：「詞曲至東坡，一洗綺羅薌澤之態，擺脫綢繆宛轉之度。使人登高望遠，舉首高歌，逸懷浩氣，超乎塵垢之外。於是花間爲皀隸，而耆卿爲輿臺矣。」

蘇軾的詞，奔放不可拘束，開創了詞體的新生命，拋棄了一百多年間習慣了的綺靡纖艷的範疇，走向一條雄壯奔放的新路；他使人們鼓舞，使人們興奮，而不是再叫人們沉醉於紅燈綠酒下的「靡靡之音」。這是蘇派詞的特色。他的詞有東坡樂府二卷，玆舉數首爲例：

水調歌頭

明月幾時有？把酒問青天：不知天上宮闕，今夕是何年？我欲乘風歸去，又恐瓊樓玉宇，高處不勝寒。起舞弄清影，何似在人間！　轉朱閣，低綺戶，照無眠。不應有恨，何事偏向別時圓？人有悲歡離合，月有陰晴圓缺，此事古難全。但願人長久，千里共嬋娟。

念奴嬌

大江東去，浪淘盡千古風流人物。故壘西邊，人道是三國周郎赤壁。亂石崩雲，驚濤拍岸，捲起千堆雪。江山如畫，一時多少豪傑。　遙想公瑾當年，小喬初嫁了，雄姿英發。羽扇綸巾，談笑間，檣艣灰飛煙滅。故國神遊，多情應笑我早生華髮。人生如夢，一樽還酹江月。

臨江仙

夜飲東坡醒復醉，歸來髣髴三更。家童鼻息已雷鳴；敲門都不應，倚杖聽江聲。　長恨此身非我有，何時忘却營營？夜闌風靜縠紋平，小舟從此逝，江海寄餘生！

黃庭堅的生平，已在詩歌篇敘述過。他的詞淺俗刻露，豪放處似蘇軾，濃艷處似柳永。然而他作詞，不甚抒寫壯闊的襟懷，喜歡描繪男女的私情。詞的專集有山谷琴趣外篇三卷。詞如：

望江東

江水西頭隔煙樹，望不見江東路。思量只有夢來去，更不怕江闌住。　燈前寫了書無數，算沒個人傳與。直饒尋得雁分付，又還是秋將暮。

清平樂

春歸何處？寂寞無行路。若有人知春去處，喚取歸來同住。　春無踪跡誰知？除非問取黃鵰、百轉無人能解，因風吹過薔薇。

周邦彥（一〇五七——一一二一）字美成，號清眞，錢塘人。少時疏放不羈，所以不爲人所推重。元豐初，以太學生獻汴都賦，神宗頗異其文，得官太學正。徽宗時，仕至徽猷閣待制，提舉大晟府。宣和初卒。在北宋詞壇上，他和蘇軾立在相反的地位。蘇軾極反對柳永，他則承柳永的餘風而加以拓大；蘇詞出語渾成，他的詞則琢句精工；蘇詞多不協律，他的詞則「曼聲促節，繁會相宣」。他深通音樂，宋史文苑傳說他：「好音樂，能自度曲。製樂府長短句，詞韻清蔚。」所以他的詞最合樂律，在當時是很有名的。所著清眞詞，因爲協律的原故，後來的作者把它當作詞律看待。詞如：

六醜

正單衣試酒，悵客裏光陰虛擲。願春暫留，春歸如過翼，一去無跡。爲問花何在？夜來風雨，葬楚宮傾國。釵鈿墮處遺芳澤。亂點桃蹊，輕分柳陌，多情更誰追惜？但蜂媒蝶使時叩窗槅。東園岑寂，漸蒙籠暗碧。靜繞珍叢底，成歎息。長條故惹行客，似牽衣待語，別情無極。殘英小，强簪巾幘，終不似一朵釵頭顫裊，向人欹側。漂風處，莫趁潮汐，恐斷鴻尚有相思字，何由見得？

李清照（一〇八一——？）號易安居士，濟南人。他是李格非的女兒，二十一歲時，嫁給太學生趙明誠。他的父親李格非是古文家，有名的進士，爲蘇軾等所賞識。母親是狀元王拱辰的女兒，也能作文章。她從小受了良好的家庭教育，愛自然，好讀書，工繪畫。婚後生活更爲美滿，夫婦以讀書作詩作詞爲樂。所以他早年的詞很有些曼艷的作品。宋朝南渡後，她開始轉徙流離的生活，最不幸的是她的丈夫在逃難時期先她而死，使她晚年的生活變爲寂寞蒼涼，在飄泊落拓中度過她的殘年。所以晚年的作品，多是淒清淡淨的。他的作品，寫閨情則纏綿蘊藉，語別愁則婉轉淒惻，感時傷則沉鬱嚴肅，以白描的手法，口頭的字句，達到空靈清新，芬馨秀逸的境地；與李後主的作品，可稱詞中兩絕。著有漱玉詞。如：

如夢令

昨夜雨疏風驟，濃睡不消殘酒。試問捲簾人，却道海棠依舊。知否？知否？應是綠肥紅瘦。

武陵春

風住塵香花已盡，日晚倦梳頭。物是人非事事休！欲語淚先流。　聞說雙溪春尚好，也擬汎輕舟。只恐雙溪舴艋舟，載不動許多愁。

聲聲慢

尋尋覓覓，冷冷清清，悽悽慘慘戚戚。乍暖還寒時候，最難將息。三杯兩盞淡酒，怎敵他晚來風急？雁過也，正傷心，却是舊時相識。　滿地黃花堆積，憔悴損，而今有誰堪摘？守着窗兒，獨自怎生得黑！梧桐更兼細雨，到黃昏點點滴滴。這次第，怎一個愁字了得！

南宋分兩種詞派，一種是白話詞派，一種是樂府詞派。白話詞特別注意詞的內容，樂府詞特別注意詞的表面。白話詞是拿詞來表現自己，樂府詞是拿詞來協音樂。南宋白話詞人最偉大的當推朱敦儒、辛棄疾、陸游、劉過、劉克莊等幾位。南宋末年，樂府詞支配了整個的詞壇。其首倡者是姜夔，其他著名作者有高觀國、史達祖、吳文英、蔣捷、王沂孫、周密、陳允平、張炎……等。以下介紹南宋詞人可稱大家的辛棄疾、陸游、姜夔三人。

辛棄疾（一一四〇——一二〇七）字幼安，號稼軒，濟南歷城人。他是南宋的愛國志士，政治家，大詞人。他生時，宋朝已南渡十五年，他在金人統治下長大。聰敏好學，能文章，鄉舉會試均及第。懷抱大志，兩次到燕京觀察天下形勢，準備實現恢復祖國的宏願。時耿京聚兵山東，節制忠義兵馬，他以平民起義，聚兵兩千投擁耿京，留掌書記。後來耿京爲漢奸張安國殺害，義軍瓦解；他率少數部隊襲擊張安國，擒縛南下。他的英武表現，深得高宗嘉許，任之爲江陰簽判。孝宗時，爲秘閣修撰，湖南安撫使等官；後以讒謗落職。光宗時，起爲福建提點刑獄官，尋知福州，兼福建安撫使。寧宗時，官浙江安撫使，加寶謨閣待制，出知鎮江與江陵兩府。開禧三年卒。他少年時的確做了很多英雄事業，晚年也雄心未已，極力謀進取，主張北伐。由他的鷓鴣天一詞裏，可以知道這位老英雄的無窮感慨：

壯歲旌旗擁萬夫，錦襜突騎渡江初。燕兵夜娖銀胡䩮，漢箭朝飛金僕姑。　追往事，歎今吾，春風不染白髭鬚。却將萬字平戎策，換得東家種樹書。

辛棄疾的天才絕高，閱世至深，創造性極富。所以他的詞是多方面的，造詣也至高。有悲壯、有蒼涼、有哀艷……也有放浪、頹廢、遊戲、詼諧……。今存有稼軒詞六百二十多首，題材廣泛，不僅以男女艷情自限，而以詞寫他的哲理，寫他的逸情，寫他的慷慨激昂牢騷不平之氣。更能融合詩、散文、古典、俗語的一切優點，是爲辛詞的特殊作風。例如：

西江月　夜行黃沙道中

明月別枝驚鵲，清風夜半鳴蟬。稻花香裏說豐年，聽取蛙聲一片。　七八個星天外，兩三點雨山前。舊時茆店社林邊，路轉溪橋忽見。

菩薩蠻書江西造口壁

鬱孤臺上清江水，中間多少行人淚。西北望長安，可憐無數山！　青山遮不住，畢竟東流去。江晚正愁余，山深聞鷓鴣。

永遇樂京口北固亭懷古

千古江山，英雄無覓孫仲謀處。舞榭歌臺，風流總被雨打風吹去。斜陽草樹，尋常巷陌，人道寄奴曾住。想當年金戈鐵馬，氣吞萬里如虎。　元嘉草草封狼居胥。贏得倉皇北顧。四十三年，望中猶記，烽火揚州路。可堪回首，佛狸祠下，一片神鴉社鼓。憑誰問，廉頗老矣，尚能飯否？

陸游的生平與詩歌，前面已經介紹了。他是愛國詩人，是極力主張北伐的老英雄。他的詞有的是激昂慷慨，有的是飄逸高妙，有的是流麗綿密。著有渭南詞一卷。詞如：

鵲橋仙

一竿風月，一簑煙雨，家在釣臺西住。賣魚生怕近城門，況肯到紅塵深處。　潮生理棹，潮平繫纜，潮落浩歌歸去。時人錯把比嚴光，我自是無名漁父。

訴衷情

當年萬里覓封侯，匹馬戍梁州。關河夢斷何處，塵暗舊貂裘。　胡未滅，鬢先秋，淚空流。此生誰料，心在天山，身老滄洲。

姜夔字堯章，自號白石道人，鄱陽人。工詩、善書，精於音樂，一時名公鉅卿如范成大、楊萬里諸人，皆與之相吟詠酬唱，嘯傲山水。嘗作自度腔，每製新詞，即自吹簫，其妾小紅則歌而和之。晚年，他帶着小紅遍遊江南諸勝地，鄂、湘、吳、越都有他的蹤跡。卒於蘇州。他作詞喜事雕琢，往往「過旬塗稿始定」，故不免刻畫過甚，削減詞的意境與情感。他是周邦彥一派的承繼者與改革者；因此，他對於詞不獨力求辭句的工巧，且要它音律和諧。著有白石道人歌曲五卷。例如：

揚州慢

淮左名都，竹西佳處，解鞍少駐初程。過春風十里，盡薺麥青青。自胡馬窺江去後，廢池喬木，猶厭言兵。漸黃昏，清角吹寒，都在空城。　杜郎俊賞，算如今，重到須驚。縱荳蔻詞工，青樓夢好，難賦深情。二十四橋仍在，波心蕩，冷月無聲。念橋邊紅葉，年年知爲誰生？

元代與明代眞正有價値的文學，不是詩文詞賦，所以於詞無甚可述，亦無著名詞家。

清代在詞史上，被稱爲詞的復興時期，作者與作品在數量上來說，實較宋代爲多；但只可說是量的擴張而已，並無好的表現。可述的詞人有納蘭性德、陳維崧及女詞人吳藻等。他如浙派有朱彝尊、厲鶚、項鴻祚等。常州派有張惠言、張琦兄弟及周濟等。

納蘭性德（一六五五——一六八五）字容若，本名成德，世稱成容若，滿洲正黃旗人，大學士明珠之子。康熙十五年，年二十二歲成進士，授乾清門侍衞。曾奉命出使覘梭龍諸羌。年少才華，頗得清帝寵遇，可惜天不假年，死僅三十一歲。所作詞哀感頑艷，往往令人不忍卒讀，頗有南唐李後主遺風。他是有清一代的大詞人，王國維說他：「北宋以來，一人而已」。著有飲水、側帽兩詞集。詞如：

憶江南

昏鴉盡，小立恨因誰？急雪乍翻香閣絮，輕風吹到膽瓶梅。心字已成灰！

太常引自題小照

晚來風起撼花鈴，人在碧山亭。愁裏不堪聽，那更雜泉聲雨聲。　無憑踪跡，無聊心緒，誰說與多情？夢也不分明，又何必催敎夢醒！

采桑子

而今才道當時錯，心緒淒迷，紅淚偸垂，滿眼春風百事非。　情知別後來無計，强說歡期。一別如斯，落盡梨花月又西。

陳維崧（一六二五——一六八二）字其年，號迦陵，江蘇宜興人。少雖負稟顯異，但自補諸生而後，即屢試不第。康熙十八年，年五十餘始以大學士宋德宜之薦，舉博愛鴻儒科，授翰林院檢討，與修明史。卒年五十八。他的詞寫得甚多，所著迦陵詞多達三十卷。其特色是波瀾壯闊，氣象萬千，頗具蘇軾、辛棄疾的豪壯精神。詞如：

滿江紅汴京懷古博浪城

鉛筑無城，不信道英雄竟死！猶有客棄家破產，東方求力士。太息已看秦帝矣，悲歌只念韓亡耳。道旁觀，誰道：「祖飛耶！妄男子。」　狙擊處，悲風起；大索罷，浮雲遊。嘆事雖不就，波騰海沸。嬴政關河空宿草，劉郎宮寢成荒壘。只千年，還響子房椎，奸雄悸。

吳藻字蘋香，仁和（今浙江杭縣）人。嫁與同邑黃某爲室，晚年寡居，生活至爲淒苦。他是道光年間的作家，當時詞譽遍大江南北，爲淸代女詞人第一位。著有花簾詞及香南雪北詞，他的小詞頗多儁美淸麗之作。例如：

如夢令

燕子未隨春去，飛到繡簾深處。軟語話多時，莫是要和儂住？延佇，延佇，含笑回他不許！

朱彝尊（一六二九——一七〇九）字錫鬯，號行垞，浙江秀水人。康熙十八年，他以布衣入選博學鴻儒科，除翰林檢討，同修明史。晚年鄉居，在家築曝書亭，專以著述爲事，著作甚多。他的詞與陳維崧齊名，詞集有江湖載酒集三卷，靜志居琴趣一卷，茶烟閣體物集二卷，蕃錦集一卷；並選錄唐、宋、金、元百餘家的詞成詞綜三十四卷。可見他對於詞是如何的愛好。他詞宗南宋，取法姜夔，作品多琢句鍊字，力求醇雅，後人模仿者甚多，而造成所謂「浙派」的詞。如：

憶少年

一鈎斜月，一聲新雁，一庭秋露。黃花初放了，小金鈴無數。　燕子已辭秋社去，剩香泥舊時簾戶。重陽將近也，又滿城風雨。

張惠言（一七六一——一八〇二）字臯文，江蘇武進人。嘉慶四年進士，曾一度爲翰林院編修，卒年僅四十二。他詞宗北宋，尊周邦彥而薄姜夔等人。著有茗柯詞，並曾選錄唐、宋詞家四十四人作品爲詞選。他的主張，爲嘉慶以後詞人所追從，於是便造成所謂「常州派」。至周濟力主張惠言之說，使常州派詞益盛，支配了嘉慶道光以後的整個詞壇。

清代的詞人，有的對於詞的研究是很深，見解很高，但因過於講求「詞法」和「詞律」，各立詞派，競模古人，所以沒有產生偉大的作品，因而清詞便走向沒落之路了。

第三節 散曲

散曲的時代，由宋、金萌芽，至元、明大盛，到清代趨於衰竭，有將近六個世紀的時間。這裏僅就它的黃金時代加以敘述。

散曲在元代，宛如詞在北宋。此一時期的作品稱爲北曲，作者頗多，作風也彼此不同，可分豪放與清麗兩派：豪放派可以馬致遠爲領袖，同派重要作者選述馮子振、張養浩、貫雲石、鍾嗣成等人。清麗派可以張可久爲領袖，同派重要作者，選介關漢卿、白樸、盧摯、喬吉、徐再思等。

馬致遠號東籬，元初大都（今北平）人。約生於世祖中統初，卒於泰定帝時。少年飽讀詩書，曾做過江浙行省提舉官，後因當時政治黑暗，懷才不遇，隱遁山林，以嘯傲風月，詩酒享樂自遣，終老江南。他的散曲，有東籬樂府一卷，收小令一百零四首，套數十七首。作品是寄沉鬱於豪放，蘊詼詭於瀟洒，蒼涼清麗，獨步當時。所作秋思，論者咸稱爲套數中第一；而小令天淨沙亦爲千古絕唱。茲錄之於後，以供欣賞。

天淨沙

枯藤老樹昏鴉，小橋流水人家，古道西風瘦馬，夕陽西下，斷腸人在天涯！

秋思

〔雙調〕〔夜行船〕 百歲光陰一夢蝶，重回首往事堪嗟！今日春來，明朝花謝；急罰盞夜闌燈滅。

〔喬木查〕想秦宮漢闕，都做了衰草牛羊野。不恁麽，漁樵沒話說。縱荒墳，橫斷碑，不辨龍蛇。

〔慶宣和〕投至狐蹤與兔穴，多少豪傑？鼎足雖堅半腰裏折，魏耶？晉耶？

〔落梅風〕天教你富莫太奢，沒多時好天良夜。富家兒，更做到你心似鐵，爭辜負了錦堂風月。

〔風入松〕眼前紅日又西斜，疾似下坡車。不爭鏡裏添白雪，上牀與鞋履相別。休笑鳩巢計拙，葫蘆提一向裝呆。

〔撥不斷〕利名竭，是非絕，紅塵不向門前惹。綠樹偏宜屋角遮，青山正補牆頭缺，更那堪竹籬茅舍。

〔離亭宴帶歇指煞〕蛩吟罷一覺纔寧貼，雞鳴時萬事無休歇。何年是徹？看密匝匝蟻排兵，亂紛紛蜂釀蜜，急攘攘蠅爭血。裴公綠野堂，陶令白蓮社。愛秋來時那些：和露摘黃花，帶霜分紫蟹，煮酒燒紅葉。想人生有限杯，渾幾個重陽節。人問我，頑童記者：便北海探吾來，道東籬醉了也。

馮子振（一二五七——一三一五？）字海粟，自號怪怪道人，攸州人。他曾做過承事郎和集賢待制。爲人豪俊，於書無所不讀。爲文敏捷迅速，所作散曲，今存小令約四十餘首，在元代作者中，他是被推爲豪放瀟爽的。如：

鸚鵡曲（赤壁懷古）

茅盧諸葛親曾往，早賺出抱膝梁父。笑談間漢鼎三分，不記得南陽耕雨。　嘆西風抱盡豪華，往事大江東去。徹如今話說漁樵，算也是英雄了處。

嵯峨峯頂移家住，是個不唧嚁漁父。爛柯時樹老無花，蕭蕭枝枝風雨。　故人曾喚我歸來，卻道不如休去。指門前萬疊雲山，是不費青蚨買處。

鸚鵡曲山亭逸興

張養浩（一二六九——一三二九）字希孟，號雲莊，濟南人。自幼卽好讀書，日夜不輟。曾爲元翰林待制，禮部尚書等官。他的散曲集雲莊休居自適小樂府一卷，有小令一百五十餘首。這部集子大多是他退居後所作，因之作品兼有豪放與淸逸。如：

堯民歌

見斜行鷄太樂昇平，繞屋桑麻翠煙生，杖藜無處不堪行。滿月雲山畫難成，泉聲響時仔細聽，轉覺柴門靜。

山坡羊潼關懷古

峯巒如聚，波濤如怒，山河表裏潼關路。望西都，意踟躕，傷心秦漢經行處，宮闕萬間都做了土。興，百姓苦；亡，百姓苦。

貫雲石（一二八六——一三二四）一名小雲石海涯，以父名貫只哥，因以貫爲氏，號酸齋，又號蘆花道人，畏吾人。元仁宗時，官至翰林侍讀學士。後稱疾南歸，隱於杭州以終老。他有酸齋樂府，存小令八十六首，套數九首，作風以豪放淸逸爲主，間有淸潤與穠艷之作。他的集子與徐再思的甜齋樂府合輯，稱爲酸甜樂府。如：

殿前歡

暢幽哉，春風無處不樓臺。一時懷抱俱無奈，總對天開。就淵明歸去來，怕鶴怨山禽怪，問甚功名在？酸齋是我，我是酸齋。

鍾嗣成字繼先，大梁人。他以飽讀詩書而累試不第，加之面貌醜陋，因號醜齋。後以求取功名不得，移居杭州，專以著述爲事。他的名著錄鬼簿，是記載元代曲家及其作品的，爲後人研究元曲最好的參考書籍。他的散曲，見於樂府羣玉、太平樂府中，約存小令五十餘首，套數一首。他以坎坷一生，作品極盡詼諧頹放之致。如：

醉太平乞兒

風流貧最好，村沙富難交。拾灰泥補砌了舊磚窰，開一箇教乞兒市學。裹一頂半新不舊烏紗帽，穿一領半長不短黃麻罩，繫一條半聯不斷皂環縧，做一箇窮風月訓導。

張可久字仲遠，號小山，慶元（今浙江鄞縣）人，生卒年月不詳。他曾以路吏轉首領官，後又爲桐廬縣典史。久任小吏，抑鬱不得志。但飽讀書史，工於散曲，文名遠播，遍與達官、名士、禪師、道人相交往。性喜漫遊名勝，如浙江的天台、紹興、金華，福建的武夷山，江蘇的蘇州、揚州、鎮江、金陵，安徽的黃山、牛渚、采石磯，湖南的長沙、洞庭湖等地，都是他吟嘯所及。晚年隱居杭州的西湖，題詠尤多。在元代散曲作家中，以他的作品爲最多，散曲集有小山北曲聯樂府三卷，外集一卷，內分今樂府、蘇堤漁唱、吳鹽、新樂府四種，近人改編爲小山樂府，凡六卷。共收小令七百五十一首，套數七首。可知他平生致力散曲的一般。他的散曲，前人評論得很多，明朱權太和正音譜說他：「清而且麗，華而不艷，有不食煙火氣。」明初宋濂、方孝儒等也極推重他的作品。茲舉數例於後：

人月圓春晚

萋萋芳草春雲亂，愁在夕陽中。短亭別酒，平湖畫舫，垂柳驕驄。　一聲啼鳥，一番夜雨，一陣東風。桃花吹盡，佳人何在？門掩殘紅。

慶東原次馬致遠先輩韶

詩情放，劍氣豪，英雄不把窮通較。江中斬蛟，雲中射雕，席上揮毫。他得志笑閒人，他失脚閒人笑。

殿前歡客中

望長安，前程渺渺鬢斑斑。南來北往隨征雁，行路艱難。青泥小劍關，紅葉溢江岸，白草連雲棧。功名半紙，風雪千山。

關漢卿號己齋叟，大都（今北平）人。金末，以解元貢於鄉，後爲太醫院尹。他的生平事蹟，可考者僅只如此。他的散曲，屬於清麗的一派，寫男女之情，尤爲婉轉雅麗。作品今存小令約四十餘首，套數十餘首，都收錄於楊朝英所輯的陽春白雪與太平樂府中。如：

太德歌秋思

風飄飄，雨蕭蕭，便做陳摶睡不着，懊惱傷懷抱，撲簌簌淚點兒抛。秋蟬兒噪罷寒蛩兒叫，淅零零細雨灑芭蕉。

白樸（一二二六——一二八五）字太素，一字仁甫，號蘭谷，眞定人。父華，仕金爲樞密院判官，與元好問極友好。他七歲時遭金亡之變，變亂中與父母失散，隨元好問逃難，飽經喪亂，使他志趣極爲恬淡。元一統後，他徙家金陵，與諸遺老交遊，放情於山水間，以詩酒爲娛。他的散曲，今存小令約三十餘首，套數二首，作風雖也有豪放的，但以淸麗秀美的居多。如：

德勝令題情

輕拈斑管書心事，細摺銀箋寫恨詞。可憐不慣害相思，只被你箇肯字兒，拖逗我許多時。

盧摯字處道，號疎齋，涿郡人。元世祖至元五年進士，曾做過許多官職，終至翰林學士承旨。他的散曲，約存小令五十餘首，多散見於楊朝英所輯的陽春白雪與太平樂府中。作品風格大多是華美淸潤的。如：

梧葉兒

低攀語，嬌唱歌，韻遠更情多。筵席上，疑怪他：「怎生啊，眼槎裏頻頻覷我？」

喬吉（？——一三四五）一名吉甫，字夢符，號笙鶴翁，又號惺惺道人，太原人。爲人美容儀，善詞章，威嚴自持，人們都很敬畏他。他的散曲，今有夢符散曲三卷，內分惺惺道人樂府一卷，文湖州集詞一卷，摭遺一卷，約存小令二百餘首，套數十首。在元代曲家中，他與張可久齊名。作品雅俗並兼，淸麗而又帶些放肆。如：

山坡羊冬日寫懷

朝三暮四，昨非今是。癡兒不解榮枯事，攢家私，寵花枝。黃金壯起荒淫志，千百錠買張招狀紙。身，已至此；心，猶未死。

徐再思字德可，號甜齋，嘉興人。生平事蹟已不可考，年輩約與喬吉相若。他的散曲也很有名，今存小令約一百餘首。他與貫雲石並稱，後人輯兩家作品爲酸甜樂府二卷。他的作品是淒婉華麗的。如：

水仙子夜雨

一聲梧葉一聲秋，一點芭蕉一點愁。三更歸夢三更後，落燈花棋未收，歎新豐孤館人留。枕上十年事，江南二老憂。都到心頭。

明代散曲，仍盛極一時。此時作品謂之南曲；較之元人北曲，除豪放與清麗兩派外，更增多雕琢一派。該派是由於崑腔的影響，作品文雅工麗，重視音律。豪放派有：王九思作碧山樂府一卷，樂府拾遺一卷，碧山續稿一卷等。康海著沜東樂府二卷。李開先有李中麓樂府、中麓小令等。常倫有寫情集二卷。馮惟敏有海浮山堂詞稿三卷，附錄一卷，共存套數五十首左右，小令約四百首。當以馮惟敏爲此派領袖。清麗派以王磐爲首，作有王西樓樂府一卷，約存小令六十餘首，套數九首。同派較重要的作家與作品有；陳鐸的梨雲寄傲、秋碧樂府、月香小稿各一卷；楊愼的陶情樂府四卷；金鑾的蕭爽齋樂府二卷；陳所聞的陳藎卿散曲一卷；施紹莘的花影集四卷；沈仕的唾窗絨與沈青門散曲各一卷。雕琢派有梁辰魚作江東白苧四卷；沈璟作情癡寱語一卷，詞隱新詞一卷，曲海青冰二卷，新輯本沈伯英散曲一卷等。此外，尚有張鳳翼、史槃、王驥德、馮夢龍、卜世臣、沈自晉等，也都是這一派重要作者。以限於篇幅，僅就其領袖人物加以簡介。

馮惟敏（一五一一——？）字汝行，號海浮，臨朐人。嘉靖十六年登鄉薦，四十一年官淶水知縣，四十四年改調鎮江教授，隆慶三年任保定通判。這時他因常以家鄉爲念，至隆慶六年歸田不仕。晚年鄉居，遊山玩水，頗度着安逸快樂的生活。他一生只做了些小官，常被上官凌辱，他都以曲記其事，如寫做官的苦楚，官場的黑幕，眞是最有生氣最具魄力，足以上追馬致遠，在明代豪放派中，應以他爲魁首。作品如：

清江引八不用之一

烏紗帽滿京城日日搶，全不在賢愚上。新人換舊人，後浪催前浪，誰是誰非不用講。

折桂令闕報除名

笑吾生天地之間，半紙功名，六品王官，百樣參差，十分潦倒，一味孤寒。破砂鍋換蒜皮有何希罕？死鷄兒燒白菜極受艱難。從今後雲水青山，竹杖黃冠，遠離了世路風塵，跳出了宦海波瀾。

王磐字鴻漸，號西樓，高郵人。少有逸才，家貲富有，惡舉子之業，縱情於山水詩畫之間，「琴、弈、書、畫咸精」。性好樓居，築樓於城西僻地，坐臥其中，與名流詠譚，妙趣橫生；幅巾藜杖，飄然若仙。他既不事生產，後來家境漸窘，但他仍怡然不以爲意。他的外甥張守中在王西樓樂府序言裏這樣說他：「逍遙乎宇宙，徜徉乎山水，出其金石之聲，寄興於煙雲水月之外，洋洋焉不知老之將至。」他的散曲以清麗騷雅見稱。如：

滿庭芳失鷄

平生淡薄，鷄兒不見，童子休焦。家家都有開鍋竈，任意烹炮。煮湯的貼他三枚火燒，穿炒的助他一把胡椒，到省了我開東道。免終朝報曉，直睡到日頭高。

清江引閨中八詠、浴裙

溫泉起來權護體，帶濕雲拖地。翻嫌月色明，偷向花陰立，俏東風有心輕揭起。

梁辰魚字伯龍，號少白，崑山人。以例貢爲太學生。爲人任俠、好遊、工詩、精音律。嘉靖七子李攀龍、王世貞等，皆折節與交。時邑人魏良輔創崑腔，他首先採用，爲崑曲之始。於戲曲著有浣紗記，於散曲著有江東白苧。江東白苧凡四卷，約存小令套數各三十首左右。他的散曲，大都是雅麗工緻的，但多數作品均欠生動，而失於板滯或晦澀。

沈璟字伯英，號寧庵，世稱詞隱先生，吳江人。萬曆初舉進士，曾任考功員外郞等官。萬曆中乞歸，居家二十餘年始卒。他精研音律，著有南九宮譜等書。晚明時期，無論在戲曲和散曲方面，他都處於領袖地位。這一時期注重韻律的風氣，實由他而大盛。所著散曲集已如前述，約存小令十餘首，套數三十餘首。作品以寫艷情與翻譜的爲多。由於他是一位重視韻律而輕忽辭意的作者，所以作品大都不免平庸，難以令人滿意。

散曲至清代，雖也孕育了許多作者；但已步入沒落時期。其派別和明代一樣可分三派。豪放派可以尤侗、劉熙載等爲代表。淸麗派可以徐石麟、吳綺、朱彝尊、吳藻等爲代表。雕琢派可以沈謙、蔣士銓等爲代表。

第九章　小　說

第一節　中國小說的初幕

小說起源於古代的神話與傳說。神話與傳說的產生時代遠在太古草昧之世，所以小說的產生，當與詩歌同樣在文學中爲甚早。據漢書藝文志所載，列小說十五家，共一千三百八十篇；這些作品，現在雖都已失傳，但由此可見那時小說之盛了。

現今所謂漢人小說，如題爲東方朔作的神異經、十洲記各一卷；題爲班固作的漢武帝故事、漢武帝內傳各一卷；題爲郭憲作的漢武洞冥記四卷；題爲劉歆作的西京雜記二卷；題爲伶玄作的飛燕外傳一卷，與無名氏的雜事秘辛等，經考證大多是六朝人所僞託的。但這些書裏所寫，都是神仙故事或宮闈瑣事，與漢代的歷史背景相符合，所以雖是僞作，尙屬僞書中的上乘，與憑空揑造的不同。

晉代的小說家頗多，首推張華、王浮、干寶、裴啓、王嘉等五家：張華（二三二——三〇〇）字茂先，方城（故城在今河北省固安縣南）人。學業優博，圖緯方伎之書莫不詳覽，是當時一個著名的「博物治聞」的人，以伐吳有功，封廣武侯，後爲趙王倫所害。他著有博物志四百卷，後奉武帝之命刪爲十卷；內容載山水人物的奇蹟，禮樂衣食的異聞。王浮（生卒不詳）是一個道士，曾作神異記一書，全書今已不存，就事類賦注、太平御覽等書所引佚文看來，它是記神仙的小故事。干寶（生卒不詳）字令升，新蔡人。元帝時爲著作郎，撰晉紀三十卷，稱爲良史。他於修史之餘，著搜神記二十卷，今尙存八卷；

該書不但文字簡練，事實也很古雅。後之剪燈新話、聊齋志異都可以說源流於此。裴啓（生卒未詳）河東人。他是一位處士，曾撰語林十卷，今已失傳，但太平廣記、太平御覽等書中引了不少，大都是記名人的名言，是與前述諸書不同之處。王嘉（生卒未詳）字子年，隴西安陽人。著拾遺記十卷，文字略似搜神記。此外，荀氏著靈鬼志若干卷，戴祚有甄異傳，祖冲之有述異記等，但都已失傳。至題爲陶潛撰的搜神後記，則是後人僞託的。

南北朝及隋代，小說家輩出，其中較重要的爲：宋劉敬叔、劉義慶、梁吳均、殷芸，隋侯白等五人。劉敬叔（生卒未詳）字敬叔，彭城人。著有異苑十餘卷，今存十卷。多鬼神故事，也記名人的軼事。劉義慶（四〇三——四四四）南朝宋長沙景王之子，嗣臨川王道規後，襲封臨川王。寡嗜欲，好文義，著有幽明錄三十卷，世說新語（原稱世說，後人加稱新語）八卷。幽明錄今已不存。世說新語是古代小說中最著稱也最有文學價值的作品，傳流至今尤享盛名。該書經梁劉孝標加注分爲十卷，今存三卷，凡三十八篇。吳均（四六九——五二〇）字叔庠，故障（今浙江安吉縣西北）人。曾作續齊諧記一卷。殷芸（四七一——五二九）字灌蔬，陳郡長平人。作小說三十卷，今已不全。侯白（生卒未詳）字君素，魏郡人。他的作品有啓顏錄二卷，書已亡佚，但就太平廣記等書所引看來，遺文尚屬不少。此外，尚有任昉的述異記（僞書），沈約的俗說，顏之推的還魂志等。

以上是中國小說初幕的概況，作品大都是只有粗枝大葉的叔述，缺乏完善的結構和深刻的描寫；但從而造成了寫作小說的風氣，引起唐、宋小說的繼興。等到唐人的傳奇與宋人的話本問世，中國才算有了眞正的短篇小說；而元、明、清的平話與章回小說的相繼問世，中國才算有了篇幅鉅大的長篇小說。

第二節　傳奇

「傳奇」是唐代小說的代表作，作品內容大都仍不離於神話與傳說；但已非隨意的瑣記，進而為敘述婉轉曲切，結構精密，首尾俱全，篇幅完整的作品了。胡應麟在筆叢裏說：「至唐人乃作意好奇，假小說以寄筆端」，唐代小說之重要可見。唐代小說，所抒寫的多是可歌可泣的艷情故事，和可驚可歎的仙俠故事，取材盡屬新奇，情節極為悽惋，論者皆稱唐代小說為傳奇，或即基於此。

唐代的傳奇，依據作品的性質可略分為神怪、艷情、劍俠三類。神怪類是寫關於神仙、釋道、怪談的小說；艷情類以寫才子佳人風流韻事為主；劍俠類是描述俠士武勇一類的小說。茲將各類作者與作品介紹如次：

現在我們先說神怪類的。王度（生卒未詳）絳州龍門人。著有古鏡記一篇。沈亞之（生平已於散文篇述過）作有湘中怨、異夢錄、秦夢記等三篇。李朝威（生卒未詳）隴西人，作柳毅傳一篇。沈既濟吳興武康人；官至禮部員外郎。作有枕中記與任氏傳。李景亮作有李章武傳一篇。李公佐字顓蒙，隴西人；曾舉進士，為江淮從事，作品有南柯太守傳、廬江馮媼傳、古嶽瀆經、謝小娥傳等四篇：而謝小娥傳應屬於劍俠的一類。此外，唐人的神怪小說尚多，如補江總白猿傳、周秦行紀、杜子春傳、蔣子文傳、李衛公別傳、杜林甫外傳、人虎傳、獵狐記、靈異傳等。至於彙集成書的傳奇集也很多，屬於這一類而比較著名的有牛僧儒的玄怪錄十卷，李復言的續玄怪錄五卷，薛漁思的河東記三卷，張讀的宣室志十卷……等。唐代神怪小說之盛可見一般。

下面敘述艷情類的。張鷟字文成，深州陸澤（故城在今河北省深縣北）人。官至學士，文筆浮艷，流行於時，作有遊仙窟一卷。蔣防字子徵，義興人。歷官翰林學士，中書舍人，作有霍小玉傳。白行簡（七七〇？——八二六）字知退，下邽人。他是詩人白居易的弟弟，官至郎中。作品有李娃傳與三夢記兩篇。元稹是與白居易齊名的詩人，他的事蹟與詩歌前面已經敘述過，他的小說有會眞記一篇。陳鴻字大亮，官至尙書主客郎中。作有艷情小說長恨歌傳，另有東城老父傳。許堯佐有柳氏傳。陳玄佑有離魂記一篇。房千里字鵠舉，河南人。官至高州刺史，著有楊倡傳。皇甫枚字遵美，安定人。作有飛煙傳一篇。其中藝術價值最高的，當推霍小玉傳、李娃傳、會眞記等數篇。而會眞記自爲後人譜爲戲曲後，更成爲唐代小說中最膾炙人口的作品了。

劍俠類的作家與作品如下：袁郊字之儀，郎山人。昭宗時爲翰林學士，嘗官虢州刺史。所作紅線傳頗爲膾炙人口。薛調（八三〇——八七二）河中寶鼎人。所作無雙傳描述哀艷奇詭，在傳奇中是別開生面的。李公佐所作小說今傳四篇，其中謝小娥傳是屬於這一類的。杜光庭字賓聖，一作賓至，處州縉雲人。曾在天台山爲道士，後事蜀之王衍爲戶部侍郎。著述甚多，所作虬髯客傳爲唐代有名的傳奇小說。裴鉶著有小說集傳奇行世，其中崑崙奴傳、聶隱娘傳二篇最爲有名，流傳極廣。

宋人繼續着唐人努力於傳奇的寫作，而成績則遠遜於唐代，且作品大都托名。如大業拾遺記托名唐顏師古作，開河記、迷樓記、海山記都托名唐韓偓作，梅妃傳托名唐曹鄴作等。較著名的作者僅有徐鉉、樂史、秦醇等，他們都只是模擬唐人，造詣都不甚高。略爲可觀的作品只有楊太眞外傳、趙飛燕外傳、綠珠傳、譚意歌傳、王幼玉傳、王榭傳、李師師外傳等數篇而已。

明代傳奇小說，無甚成績。較著名的僅有瞿佑的剪燈新話二十一篇，李禎的剪燈餘話二十篇。其餘都不甚著聞。

清代是傳奇的復興時代，傳奇集的衆多，至少在百種以上。或名爲「筆記」，或名爲「隨錄」，名稱不一，內容則以談神怪爲多。其中著名的作品有蒲松齡的聊齋志異，袁枚的子不語，紀昀的閱微草堂筆記，沈起鳳的諧鐸，和邦額的夜譚隨錄，宣鼎的夜雨秋燈錄等不下數十種。而以蒲松齡、袁枚、紀昀三家爲最著名。此外，尚有兩部出名的長篇傳奇，那便是屠紳的蟫史，陳球的燕山外史，它們都是用駢文寫成的。茲將蒲、袁、紀三家簡介如後：

蒲松齡（一六三〇——一七一五）字留仙，號柳泉居士，又號西周生，山東淄川人。幼有逸才，才情卓越，但屢試不第，至老未曾顯達，年八十二始成歲貢生。相傳他設茶肆於城外，遇有過客飲茶，即要求其講述故事，而後爲之筆錄，以成聊齋志異八卷，共四百三十一篇。書成，他自己在題辭裏這樣說：「才非干寶，雅愛搜神；情同黃州，喜人談鬼。聞則命筆，因以成編。久之，四方同人又以郵簡相寄，因而物以好聚，所積益夥。」由此可知全書取材，絕非其獨出心裁空口虛構而成。所叙多神仙狐鬼精魅之事，描寫委曲，文詞華麗，在清人的短篇小說裏，應居第一。

袁枚是清代著名詩人，他的生平事蹟，已在詩歌篇裏介紹過，所作小說除子不語外，尚有隨園戲墨、外史誌異等。

紀昀（一七二四——一八〇五）字曉嵐，號雲石，直隸獻縣人。少穎慧，二十四歲舉鄉試第一，三十一歲成進士。由編修官至侍讀學士。因泄漏機密事，戍新疆烏魯木齊三年。後召還，進協辦大學士。

總纂四庫全書，歷十三年。整理校訂，一書作一提要，總目提要多至二百卷，可謂畢生精力盡萃於此。他文望極高，所作閱微草堂筆記，含筆記五種，是由灤陽消夏錄六卷，如是我聞、槐西雜志、姑忘聽之各四卷，灤陽續錄六卷合刋而成的。

第三節　話本

宋代的白話小說，叫做「平話」，又稱為「話本」。原來當時有一種專以講述故事為職業的「說話人」（與今之說書人相似），他們為求把故事講述得有聲有色，博得羣衆的歡迎，必須備有完善的底本為憑，這種底本稱之為「話本」。它完全是用白話寫成的，影響於後世小說的體製頗深。

據吳自牧夢粱錄所載，宋代說話有四家：一為「小說」，稱作「銀字兒」，專講煙粉、靈怪、傳奇、公案、撲刀、趕棒及發跡變態之事。二為「談經」的，專講佛書。三為「講史書」的，就是講說通鑑、漢、唐歷代書史、文傳、興廢、戰爭之事。四為「合生」，是品評人物的。其中「小說」就如現在所謂社會小說，而「講史」便是現在的歷史小說，二者頗為重要。

宋人話本小說流傳至今的，約有三類：一為屬於「講史」的，有新編五代史平話、大宋宣和遺事等。一為屬於「談經」的，有大唐三藏法師取經記。一為屬於「小說」的，存有京本通俗小說、清平山堂所刻話本、古今小說等書的一部分。

新編五代史平話敘述的是梁、唐、晉、漢、周五代的興亡治亂，每代二卷，皆以詩起，復以詩終。今本梁史、漢史，各缺下卷。其中梁史平話的起首，略述了些梁以前的歷代盛衰之事。該書作者不詳，大概是幾經修改寫定的話本，它可說是中國長篇演義小說最初的一部。

大宋宣和遺事分前後二集，包括十節歷史故事，主要是講宋徽宗時的事。它的內容是：第一節敘述歷代帝王因荒淫而誤國；第二節講王安石的變法；第三節是王安石引蔡京入朝，至童貫蔡攸巡邊；第四節寫梁山濼宋江等英雄聚義的始末；第五節是徽宗與李師師相戀的艷聞；第六節講道士林靈素的進用事；第七節講京師臘月預賞元宵及元宵看燈的繁華盛景；第八節講金兵南侵京師失陷；第九節講徽、欽二帝被虜北行的痛苦和屈辱；第十節講高宗定都於臨安事。全書文體參差，有白話也有文言，可能是編者綴集諸書雜鈔而成。其中梁山濼聚義一節，可說是後來水滸傳的張本。

大唐三藏法師取經記共分三卷十七章。它的體製是很奇特的，每章都有題目，文裏夾雜着詩，所以原名爲大唐三藏取經詩話。內容是敘述唐三藏往西方取經，途中疊遇妖魔神怪的驚險玄妙故事。可說是後來西遊記的所本。

京本通俗小說也是殘本，今僅存第十至十六卷及二十一卷，每卷小說一篇，共計八篇。它的目錄是：一、碾玉觀音，二、菩薩蠻，三、西山一窟鬼，四、志誠張主管，五、拗相公，六、錯斬崔甯，七、馮玉梅團圓，八、金主亮荒淫。其中除拗相公一篇，是說北宋王安石變法的事，帶些政治意味外；其餘都是社會小說，所述皆南宋時的事，或寫男女間的戀愛，或涉及鬼怪神魔，都是些白話的短篇小說。

宋人話本小說的優點，在於描寫逼眞，盡人能解。這些草創時期的作品，雖不免缺乏深長的文學意味，然而却由此創製了白話小說的規模，爲元代以後章回小說發展的先驅。

明人編刻的話本集中，保存宋人作品很多。如洪楩刋行的清平山堂所刻話本，殘餘的十五種小說中，有九種爲宋人所作，其餘是元、明兩代人的作品。馮夢龍所編的三言——喻世明言、警世通言、醒世恆言三部平話總集，也是搜羅各方面的平話而成，其作品的年代跨越着宋、元、明三朝，可是那些作品確實屬那一朝代，却不易一一指出了。

明代的平話集，著名的有馮夢龍的三言，凌濛初的兩拍，古狂生的醉醒石，天然癡叟的石點頭，周楫的西湖二集等，其中要以三言與兩拍爲最著稱。

三言卽喻世明言、警世通言、醒世恆言三種，都是選輯宋、元、明三朝平話而成，編纂者是馮夢龍（？——一六四六）。馮夢龍字猶龍，一字子猶，吳縣人。崇禎中，曾由貢生選授壽寧知縣，明亡殉難。他工詩文，通經學，對於小說和戲劇的貢獻都很大，一生似乎都在從事於編輯與改訂工作。所編喻世明言凡二十四卷，警世通言、醒世恆言各四十卷，卷各小說一篇，體裁完全像京本通俗小說。至通行本今古奇觀，就是選自三言與兩拍二書。而爲人所熟知的蔣興哥重會珍珠衫卽出於喻世明言，杜十娘怒沉百寶箱出於警世通言，賣油郎獨占花魁則出於醒世恆言。

兩拍就是拍案驚奇初刻和二刻。初刻凡三十六卷，刋於天啓七年；二刻四十卷，刋於崇禎五年。最後一卷宋公明鬧元宵屬於雜劇，所以實只有三十九卷。全書也是每篇小說一種，共七十五種。它的作者是凌濛初。凌濛初字玄房，號稚成，別號卽空觀主人，烏程人。父廸知，喜校刻古書。他以少壯時累試不第，乃繼承父志，專以刻書著述爲事。崇禎時曾官上海縣丞，後擢爲徐州判官，死於流寇之亂。他在明代文學上的地位與馮夢龍相若，除工小說外，於戲劇亦頗有貢獻。兩拍是他的創作，平話之有專集，似應自此始。

清人的話本，以李漁的十二樓爲最流行，全書共有十二種小說，每種的名目中都有「樓」字，因名。墨浪子的西湖佳話，載小說十六種，所叙都是與西湖有關係的事跡，尤其是西湖的名勝。此外，草亭老人（杜綱？）有娛目醒心編十六卷，陳樹基有西湖拾遺，徐震有珍珠舶，艾衲居士有豆棚閒話，心遠主人有十二峯，五色石主人有五色石與八洞天，東壁山房有今古奇聞……等；或爲編者創作，或爲綴輯舊文，都有刻本流行於世。

第四節　章回小說

章回小說爲「話本」的演進。在近代的小說中，其價值之高，影響之大，尤甚於前述的短篇小說。長篇鉅製的章回小說產生於明代，依其描寫的性質，可分爲英雄小說、歷史小說、神魔小說、艷情小說等四類：

明代英雄小說有忠義水滸傳、粉粧樓、英烈傳、精忠全傳、眞英烈傳等書，以忠義水滸傳爲最傑出。

水滸傳是中國長篇章回小說最早的一部鉅製，以北宋淮安大盜宋江等一百零八人，在山東壽張縣東南梁山下的梁山泊聚義的事，爲故事的中心。這部小說的原稿，相傳爲施耐庵或羅貫中作，但經近人的研究，羅氏所作之說，不甚可信。或初稿爲施氏所作，而經羅氏改定則屬可能。施耐庵名子安，淮安人。生於元代，卒於明初，元末順帝時賜進士出身，在錢塘做過官，因與上司不合，棄官歸家，閉戶著書，所著以水滸傳爲最著名。他描繪梁山泊一百零八人的個性特點，都恰到好處，文筆生動，痛快淋漓。清人金聖歎拿它和莊子、離騷、史記、杜詩並提，稱爲天下第五才子書。水滸傳的版本很多，通行的有清金人瑞評點七十回本，明武定侯郭勳家所傳一百回本，題「施耐庵集撰羅貫中編修」的一百二十回本三種。此外，還有一百十回本一百十五回本，則流傳較少。

在中國文學史上，水滸傳的確是第一部壯美的英雄小說，它描寫那些流離漂泊的英雄，眞是有聲有色，個個都如生龍活虎。如魯智深大鬧五台山，林教頭風雪山神廟，汴梁城楊志賣刀，景陽岡武松打虎，都是些絕妙的文章。而中間穿挿的宋江與閻婆惜，西門慶與潘金蓮，裴如海與潘巧雲等色情故事，也極盡其穠艷生動的技巧。金人瑞曾說：「天下之文章無出水滸右者！」眞是值得如此贊美呢！

明代歷史小說，以羅貫中的三國志演義爲最大傑作。羅貫中名本，字貫中，錢塘(今浙江杭縣)人。他生於元末，卒於明初，所著小說甚多。相傳他有十七史演義的巨著，但今已不傳。作品至今仍流傳於世者有隋唐志傳、北宋三遂平妖傳、粉粧樓等書，而以三國志演義最負盛名。其內容都根據於陳壽三國志的史實，而雜以宋、元時代所流傳的三國故事；實是一部規模宏大的軍事政治小說。全書共一百二十回，起於漢靈帝中平元年「祭天地桃園三結義」，終於晉武帝太康元年「王濬計取石頭城」，首尾凡九十七年（一八四——二八〇）。今所傳本，已非羅氏原稿，而是經過清康熙時茂苑毛宗崗所改定者。

三國志演義在通俗教育上，實在發揮了異常偉大的影響力。數百年來，社會上無論婦人孩子都能知道許多三國時的故事，可說是由於此書的流行。

明代歷史小說，模擬三國志演義的作品很多，有開闢演義、西周演義、東周列國志、西周志四友傳、隋唐演義、殘唐五代演義、北宋志傳、南宋志傳……等書。然就其文章而論，則都不如三國志演義，而顯得稚拙平庸了。

神魔小說，最初有羅貫中的平妖傳，其次有吳元泰的上洞八仙傳，余象斗的五顯靈光大帝華光天王傳，北方眞武玄天上帝出身志傳，楊志和的西遊記傳等。到了嘉靖、萬曆間，西遊記與封神傳問世，爲神魔小說大放異彩。

西遊記今本一百回，爲明吳承恩所作。吳承恩字汝忠，號射陽山人，淮安山陽人。嘉靖二十三年歲貢生，曾官長興縣丞。他性敏慧，能詩工書，著有雜記數種，因家貧無嗣，死後遺稿多數散失，僅有射陽存稿與西遊記傳世。西遊記是一部保存着中國許多神話的奇書，他的內容取材於大唐三藏法師取經記、西遊記傳和雜劇唐三藏西天取經等舊有材料。作者以他超逸的天才，卓異的想像與創造，描述唐三藏孫行者等西行取經，歷過八十一難的神怪故事，情節曲折，引人入勝，眞是一部極具藝術意味的大傑作。無怪數百年來倍受一般社會人士的歡迎呢！

封神傳也是著名的神魔小說，作者是許仲琳，全書共分一百回，叙述周武王伐紂事，而雜以許多奇幻的仙佛精怪各顯神通鬬法的描繪，結果紂王失敗自焚，武王做了皇帝，由姜尙封諸戰死的將士爲神做結局。此書的文筆與結構，雖不如西遊記之佳，但其奇幻的描述，却頗能引起讀者的興趣。

此外，明代的神魔小說，尙有三寶太監下西洋記及西遊補等書。

明代的艷情小說，最著名的首推金瓶梅，其次專寫才子佳人艷情故事的，尙有好逑傳、玉嬌梨、平山冷燕……等書。

金瓶梅的作者，究竟是誰，至今尚不能確定，相傳爲當代文豪王世貞或其門人，但找不出佐證。全書凡一百回，內容是把水滸傳中西門慶與潘金蓮的艷史，加以繁衍成書。所敘皆淫夫蕩婦之所爲，用以諷刺當世士紳階級的腐穢。文筆暢達，描寫尖刻，曲盡人情的纖微機巧，在文學的價值上來說，它實在是一部最偉大的寫實小說。然以其中有些地方描述男女縱情，過於赤裸，加之後來仿作的人專意於性慾方面的描繪，因此世人認爲金瓶梅是「天下第一淫書」，數百年來被列爲禁書，這眞是它的一大厄運。但它在明代小說中的地位，卻不因而有損。

明代的章回小說已如上述。在這許多作品中，名貴的大傑作，當推號稱小說界四大奇書的水滸傳、三國志演義、西遊記與金瓶梅，它們實可列於世界名著之林而無遜色。

清代長篇小說，更是突飛猛進，造成長篇小說的黃金時代。此時小說的產額愈見增多，同時比水滸傳和三國志演義篇幅更浩繁的長篇大著作，也繼續產生。小說的勢力從民衆社會伸張到文人貴族社會裏。清代開明文人如袁枚、紀昀等，不僅對小說加以欣賞，且進而從事於小說的創作呢。清代的長篇小說，我們把它分爲言情小說、俠義小說、社會小說三類來說：

言情小說中最負盛名的傑作，當推曹雪芹的紅樓夢一書。其他流行的作品有蒲松齡的醒世姻緣傳，陳朗的雪月梅全傳，魏子安的花月痕，陳球的燕山外史，吟梅山人的蘭花夢……等。清末，言情小說流於狹邪猥褻的描述，取材多以妓女生活爲主。有陳森書的品花寶鑑，兪達的靑樓夢，韓邦慶的海上花列傳，張春帆的九尾龜，孫家振的海上繁華夢……等。

紅樓夢一名石頭記，爲曹霑所作。曹霑（一七一九——一七六四）字雪芹，他的祖先是漢人，到了滿清，編爲漢軍正白旗人。曾祖父璽，祖父寅，父親頫，都很受清帝親信，三世連續在江寧任內府織造五十多年，所以他生長於南京。他的幼年嬌養在一個富貴豪華的家庭中，但是到了十幾歲的時候，他的家庭因爲犯罪被抄沒財產，突然陷入於貧困。中年時，竟至貧居北平西郊，啜稀粥過日子。他在潦倒中，悲涼抑鬱，感慨懺悔，把自己一生所見所聞所感所想的一切，用寫實的回憶小說的形式，寫出他不朽的傑作紅樓夢。

關於紅樓夢的背景，論者紛紜，有人揣測爲影射納蘭性德的家事，有人說是敍述清世祖與董鄂妃的故事，更有人說是影射康熙朝政治狀態的，其實都是些捕風捉影沒有根據的說法。在紅樓夢第一回裏說：「作者自云：因曾經歷過一番夢幻之後，故將眞事隱去，而借『通靈』之說，撰此石頭記一書也。」又說：「當此，則自欲將已往所賴天恩祖德，錦衣紈袴之時，飫甘饜肥之日，背父兄敎育之恩，負師友規訓之德，以致今日一技無成，半生潦倒之罪，編述一集，以告天下人。」由此可見純是作者自傳，不過加以虛託渲染而已。

紅樓夢今本共一百二十回。原本僅八十回，乾隆時行世的八十回抄本，是作者原著。後四十回，是旗籍進士高鶚增補的。本來此書補本很多，不過其他多已失傳，高本最爲流行。但在寫作技術上，却遠不如前八十回之高妙。曹霑的作品，在章回小說中地位之高，實在是空前絕後的。

自從這部言情聖品問世後，續百二十回紅樓夢者很多，有後紅樓夢、紅樓後夢、續紅樓夢、紅樓復夢、紅樓夢補、紅樓補夢、紅樓重夢、紅樓再夢、紅樓幻夢、紅樓圓夢、增補紅樓、鬼紅樓、紅樓夢影等。但其描寫技術，則都遠不能和紅樓夢相比擬了。

俠義小說，最重英雄故事，以任俠義勇見長。兒女英雄傳、三俠五義、小五義、七劍十三俠、施公案等，都是清代俠義小說的著名作品。

兒女英雄傳的作者是道光時人文康。文康（生卒未詳）字鐵仙，滿州鑲紅旗人，姓費莫氏，為大學士勒保的次孫。曾做過郡守、觀察等職，後被任為駐藏大臣，因病未前往就職。晚年因諸子不肖，家道中落，窮困獨處，作兒女英雄傳自遣。書中係敘一俠女何玉鳳為父報仇的俠義作為，後嫁安驥為妻，安驥以探花及第，終於位極人臣，夫婦備極榮貴的故事。該書初名金玉緣，後經東海吾了翁重訂，更名兒女英雄傳評話，全書原本五十三回，今殘存四十回。本書最大特點是純用北京話寫成，書中對話具有生動、漂亮、俏皮、詼諧的長處。

三俠五義原名忠烈俠義傳，後又被稱為大五義，作者是石玉崑。石玉崑（生卒未詳）別署問竹主人，事蹟不可考。他的三俠五義係從宋眞宗朝「狸貓換太子」的故事講起，敘到包龍圖的降生及其斷案事蹟，加上「三俠」「五鼠」等十來個俠義之士的武俠行動，而成為俠義小說的一大創作。後經當時文人俞樾刪改，易名七俠五義行世。

到了清末，俠義小說盛行一時，作品風起雲湧，名目繁多，有英雄大八義、英雄小八義、七劍十八俠、彭公案、永慶昇平、劉公案、李公案、乾隆巡幸江南記……等，不勝枚舉。

清代社會小說，多注重於抒寫社會的黑暗面，或出之以諷刺的態度，或寫社會問題，藉以闡發自己的理想。含有諷刺意味的社會問題小說，數量之多，不可勝數；其最重要者有儒林外史、鏡花緣、官場現形記、老殘遊記、二十年目覩之怪現狀等。

儒林外史是清代說部名著之一，共五十六回，這部書向來被稱爲諷刺小說，書裏諷刺的對象，當然以「儒林」爲主，但也有其他人物，如俠客、鹽商、家奴、妓女……等。全書結構是把許多故事綴結在一起而成的長篇。它是用活的語言寫成的，以平鋪直敘的方式，揭穿傾心功名利祿的一般「假名士」和「僞君子」的醜惡行爲，雖沒有甚麼嬉笑怒罵的成分，但作者却以詼諧的風趣，異常尖刻生動的刻畫出世態人情的炎涼。

儒林外史的作者是吳敬梓。吳敬梓（一七〇一——一七五四）字敏軒，一字文木，安徽全椒人。幼即穎異，善讀書，能詩賦，二十歲舉秀才。以其不治生產，雅好詩酒，風流自喜，產業揮霍一空，幾至絕糧。雍正十三年，安徽巡撫趙國麟會舉其應博學鴻詞科，不赴。三十三歲，移家金陵，爲文壇盟主。晚年客居揚州，尤落拓縱酒，五十四歲客死揚州。他著書很多，最著稱的是儒林外史，其他尚有文木山房集四卷，詩說七卷。

鏡花緣爲李汝珍所作。李汝珍（一七六三？——一八三〇）字松石，直隸大興人。他幼時很聰明，博極羣書，不喜八股文，所以不得志於時。二十歲，在海州受業於歙縣凌廷堪，精通樂理音韻之學，作李氏音鑑一書，頗爲人所推重，爲音韻學沿革史上的要著。他又喜歡蒐羅異聞，海外奇事，異獸名花的掌故，知道得很多。鏡花緣一書，即由於作者所幻想創造出來的許多新奇而滑稽的故事綴集而成。

鏡花緣全書一百回，編著十餘載，成書於作者晚年。是一部以討論婦女問題爲主的小說。以唐武則天女帝爲背景，寫百花獲譴，降爲才女，百人會試赴宴的故事；兼寫秀才唐敖因政治失意，遨遊海外，多遇奇人怪物，後食靈草成仙。最後以武則天失敗，中宗復位，才女重赴「紅文宴」作結。作者自云：「以文爲戲，年復一年，編出這鏡花緣一百回，而僅得其事之半，若要曉得這鏡中全影，且待後緣。」可知作者尙欲續作，但未竟己志。這部小說的描寫是很能引人入勝的，亦往往有深刻諷刺，可以看出作者憤世嫉俗之意。

官場現形記爲李寶嘉所作。李寶嘉（一八六七——一九〇六）字伯元，江蘇武進人。他以第一名入學，而累舉不第。後赴上海，辦指南報、遊戲報、海上繁華報等。嘗被薦經濟特科，不赴。他沒有兒子，身後頗爲蕭條，伶人孫菊仙爲之料理喪事。他的著作很多，有庚子國變彈詞、海天鴻雪記、李蓮英、繁華夢、活地獄、文明小史等書。官場現形記爲其最後一部作品，已成六十回，全書似尙未完。但在他的所有作品中爲最佳。他指摘當時官場的腐敗狀態，說得痛快淋漓。書出，頗受讀者歡迎，因而風行一時，作者之名大著。

老殘遊記爲劉鶚所作。劉鶚（一八五七——一九〇九）字鐵雲，筆名洪都百鍊生，江蘇丹徒人。少時精算學，明地理，講求醫術與水利。光緒十四年，黃河決口於鄭州，他治河有功，聲譽遠播，特薦以知府用。後以上書請修鐵路，及主張開採山西礦藏，頗爲當時守舊分子所指摘。庚子之亂時，北京人民苦饑，時俄軍據太倉，不食米，他以賤價購粟於外人之手，賑濟饑民，全活甚衆。不料數年後，反以私售倉粟獲罪，放逐新疆而死。他的著作有歷代黃河變遷圖考、鐵雲藏龜、老殘遊記等。老殘遊記共二十章，書中以一個名爲老殘者爲主，記其遊行各地時所見所聞及言論；對當時民生的疾苦，官吏的失職，社會的腐敗，都有極深刻的描述。其中尤以明湖居聽書、黃河上打冰及桃花山諸章最爲精采。

二十年目覩之怪現狀爲吳沃堯所作。吳沃堯（一八六七——一九一〇）字繭人，改字趼人，別號我佛山人，廣東南海人。年二十餘至上海，以賣文爲生。後客遊山東，東渡日本，都沒有甚麼收穫，頗不得志。曾主編月月小說，所著文稿甚富，出版者不下十數種，以九命奇寃、二十年目覩之怪現狀等見稱於世。二十年目覩之怪現狀共一百零八囘，敍述著者二十年間所見之社會醜怪狀況，描寫極爲酣暢，頗能吸引讀者。

此外，曾樸的孽海花也是寫淸末政治社會的小說。而夏敬渠的野叟曝言，其內容則「敍事、說理、談經、論史、敎孝、勸忠、運籌、決策，藝之兵詩醫算，情之喜怒哀懼，講道學，闢邪說……」無所不包，純爲作者表現學問才華的產品。

第十章　戲曲

第一節　概說

「戲曲」是綜合的藝術，產生較晚於任何文體，導源於宋代，其體製至元代始完全確立。中國從前所謂「戲曲」，等於現在的所謂「歌劇」，它是「曲」的一體，和現在所謂「戲劇」也不相同，「戲劇」包括「話劇」和「歌劇」，而「戲曲」則專指「歌劇」而言。

文學上的戲曲，以音樂、動作、文字為三要素。所以詞中的「諸宮調」，雖在音樂和文字方面說，近於戲曲的體裁，但以缺乏動作，不能算是「戲曲」。至於春秋時優施及優孟的戲謔，唐代的歌舞戲與滑稽戲，或以歌舞為主，扮演的事實過於簡單，或只用動作言語以諷刺時事，不重情節，只重口辯，像是現在的「雙簧」，有戲無曲，也離正式的「戲曲」尚遠。等到元朝的「雜劇」問世，合歌唱、動作、文字為一體，中國戲曲的組織才告完成。

「戲曲」的體裁，也和「散曲」一樣，有南北之分；北曲為「雜劇」，南曲為「傳奇」。雜劇是元人所創的戲曲；傳奇是明人所寫的劇本，它也是雜劇的繁衍。兩者顯然不同的差別，有下列諸點：

一、雜劇大都每本限於四折（折就是現在所說的幕），傳奇則不限制齣（一齣就是一折）數，可以多至數十齣。

二、雜劇每折一調一韻到底，傳奇則一齣不限一調，而且可以換韻。

三、雜劇全曲由一人獨唱，傳奇則凡是登場的劇中人都可以唱曲。

四、雜劇多用楔子，傳奇則無楔子，但把第一齣叫做「開場」或「家門」，以說明全劇的大意。

戲曲的分為南北，除了體裁上的不同外，聲律上也有差別。戲曲的聲律，較詞的更為嚴格，就是上、去二聲也須分別。北曲沒有入聲，把入聲並入三聲；南曲則入聲仍然獨用。曲韻都平仄通協，沒有全平全仄的調牌，作者須按譜塡入，不能亂押。用字必須分別陰陽清濁，平、上、去聲皆然。曲牌名向來沿用詞牌名，但元、明人自創的也不少，所以曲調多過於詞調，南北合計，約有一千八百曲之數。

就戲曲表演上的所謂動作、言語、歌唱三要素而言，在雜劇和傳奇中，「歌唱」都稱為「唱」；「動作」北曲稱為「科」，南曲則多稱為「介」；「言語」都稱為「白」，曲家術語則叫做「賓白」，「賓」指兩人對說，「白」指一人自說。劇中人則稱為「角色」，亦叫「脚色」；有「末」「旦」「淨」「丑」之分，「末」「旦」為正角，「淨」「丑」為副角；「末」又有「外末」「冲末」「二末」「小末」等之分，「旦」則更分為「老旦」「大旦」「小旦」「徠旦」「色旦」「搽旦」「外旦」「貼旦」等。傳奇則以「生」代「末」，而以「末」專扮演年老的人。

明寧獻王的太和正音譜根據劇中情節，分雜劇為十二科，卽神仙道化，隱居樂道（又稱林泉丘壑），披袍秉笏（卽君臣雜劇），忠臣烈士，孝義廉節，叱奸駡讒，逐臣孤子，鏺刀趕棒（卽脫膊雜劇），風花雪月，悲歡離合，烟花粉黛（卽花旦雜劇），神頭鬼面（卽神佛雜劇）等。至於傳奇，因為它完全是雜劇的演進，本來僅有形式上的不同，所以如照劇中情節分類，它與雜劇的分科，當無多大出入。

南曲和北曲所配音樂也不相同，北曲作者多北方之大都與平陽等處人，作曲多採用胡人的樂調及音韻。後來北曲發展到南方，南人嫌其樂調相異，音韻不諧，於是適應南方樂調音韻的南曲應運而生。其初南曲所配音樂，也只有絃索樂器；等到魏良輔創製崑腔後，南曲所配音樂趨於繁複，雨村曲話說：「明時雖有南曲，祇用絃索官腔。至嘉隆間，崑山有魏良輔者，乃漸改舊習，始備衆樂器，而劇場大成。至今遵之。所謂南曲，即崑曲也。」崑曲流行於明代中葉以後，尤以明末清初最爲盛行。它的樂調低而緩，特別的顯示着溫雅高尚的趣味。然而這種趣味，却只有少數懂得樂律的智識階級才能欣賞，廣大群衆是無法了解的。所以到了清高宗乾隆以後，新興的較爲通俗的二簧西皮戲問世後，崑曲便趨於衰落之途了。

第二節 雜劇

「雜劇」是元人所創的戲曲。其初本不爲世人所重視，一般正統文學家尤視戲曲爲文學中的末技，以爲卑下無足稱道；然而，它却是元代文學的精華。明人韓文靖曾把關漢卿的雜劇與司馬遷的史記相比，清人焦循則拿元曲與唐詩宋詞並稱，近人王國維論元劇的文章，尤有適當的讚語，他說：「元曲之佳處何在？一言以蔽之，曰：自然而已矣。古今之大文學，無不以自然勝，而莫著於元曲。蓋元劇之作者，其人均非有名位學問也；其作劇也，非有藏之名山傳之其人之意也。彼以意興之所至爲之，以自娛娛人，關目之拙劣，所不問也；思想之卑陋，所不諱也；人物之矛盾，所不顧也。彼但摹寫其胸中之感想與時代之情狀，而眞摯之理與秀傑之氣，時流露於其間。故謂元曲爲中國最自然之文學，無不可也。」這一爲民間所歡迎的通俗文學，確是中國文學史上新有的一幕。

雜劇的黃金時代是元代，作品之多，作家之衆，都非後世所能及。據太和正音譜所評，元代優秀戲曲作家共有一百八十七人，作品五百餘種。可惜後來作品佚亡甚多，至今仍有作品傳世的，僅存四十三家。王國維宋元戲曲史把這四十三家中之有時代可考者，分爲三個時期：

第一期　蒙古時代（一二三四——一二七六）

關漢卿　楊顯之　張國寶（一作國賓）石子章　王實甫　高文秀　鄭廷玉　白樸　馬致遠

李文蔚　李直夫　吳昌齡　武漢臣　王仲文　李壽卿　尚仲賢　石君寶　紀君祥　戴善甫

李好古　孟漢卿　李行道　孫仲章　岳百川　康進之　孔文卿　張壽卿

第二期　一統時代（一二七七——一三四〇）

楊梓　宮天挺　鄭光祖　范康　金仁傑　曾瑞　喬吉

第三期　至正時代（一三四一——一三六七）

秦簡夫　蕭德祥　朱凱　王曄

在這許多作家中，最著名的是關漢卿、王實甫、馬致遠、白樸、鄭廷玉、高文秀、吳昌齡、鄭光祖、喬吉等。他們的作品都在十劇以上。世稱關、王、馬、白爲四大家，再加鄭光祖與喬吉爲六大家。關漢卿的生平已於散曲裏敘述過。他是元曲的開山大師，王國維稱他：「一空依傍，自鑄偉詞。其言曲盡人情，字字本色，故當爲元人第一。」他所作的雜劇至多，有目可稽者，達六十三種，至今尚流傳於世者，有關張雙赴西蜀夢、閨怨佳人拜月亭、錢大尹智寵謝天香、杜蕊娘智賞金線池、望江亭中秋切鱠旦、趙盼兒風月救風塵、關大王單刀赴會、溫太眞玉鏡臺、詐尼子調風月、包待制三勘蝴蝶夢、感天動地竇娥寃、包待制智斬魯齋郎等十餘種。其中以竇娥寃與救風塵二劇最佳。今京劇中的六月雪，就是竇娥寃的翻版。關漢卿是戲曲的偉大作家，他的作品多寫人情世故，富於反抗的精神，沉痛激烈，氣魄雄偉，所以論者多以「奇奡雄放」相許。

王實甫名德信，大都人。他的事蹟已不可考，就其麗春堂推測，則應生當金末元初，約與關漢卿同時。他的雜劇，據鍾嗣成錄鬼簿所載，有十四種；至今全存的有崔鶯鶯待月西廂記、四丞相歌舞麗春堂、呂蒙正風雪破窰記三種。僅存一折的有韓彩雲絲竹芙蓉亭及蘇小卿月夜販茶船二種。崔鶯鶯待月西廂記省稱西廂記，是王實甫生平的傑作，也是元曲裏面最偉大的作品。它是根據元稹的會眞記加以補充，編撰而成的偉著。詞藻美豔清麗，沁人心脾。王作共四本，演張君瑞與崔鶯鶯戀愛故事，最後敘至劇中主角張生與崔鶯鶯訂婚，以悲慘的離別作結，結構至美。尚有第五本相傳爲關漢卿所續，敘張生高中探花，衣錦還鄉，與鶯鶯完婚，才子佳人大團圓的場面。雖不免爲畫蛇添足，但其敘述則麗詞俊語，可與王本相媲美。王實甫的作品，至今已失傳而僅存劇名的有：東海郡于公高門、孝父母明達賣子、曹子建七步成章、才子佳人拜月亭、趙光普進梅諫、陸績懷橘、雙渠怨、嬌紅記、詩酒麗春園等。

馬致遠的生平已於散曲中介紹過了。他所作的雜劇，多寫神仙道士名士美人，寓嘲諷於言外，求慰藉於出世；驅使俗語古典，備極工妙，情深文明，典雅清麗。太和正音譜批評他的作品說：「東籬之詞，如朝陽鳴鳳，典雅清麗，可與靈光、景福相頡頏。有振鬣長鳴，萬馬皆瘖之意。又若神鳳飛鳴於九霄，豈可與凡鳥共語哉！宜列羣英之上。」這一推許，雖不免過甚，然而作者是元代極可矜貴的劇作家，實爲無可疑意。他的著作大半散失，雜劇知名者有十四種；今存僅七種，爲破幽夢孤雁漢宮秋、江州司馬青衫淚、呂洞賓三醉岳陽樓、西華山陳摶高臥、半夜雷轟薦福寺、馬丹陽三度任風子、邯鄲道省悟黃粱夢。其中漢宮秋敘的是漢元帝時王昭君出塞和番的故事，爲其平生最有名的傑作。

白樸是元代有名的散曲家，他的生平已簡略的敘述過。所作雜劇有十七種之多，現存的只有唐明皇秋夜梧桐雨與鴛鴦簡牆頭馬上二種，以及李克用箭射雙雕、韓采蘋御水流紅葉的一部分。而以梧桐雨最負盛名。梧桐雨敘述的是唐明皇與楊貴妃的戀愛故事，內容係本於陳鴻的長恨歌傳。其言情處，備極哀艷婉曲，堪稱元劇第一流作品。

鄭光祖字德輝，平陽襄陵人。爲人方直，不肯妄與人交。以儒補杭州路吏；病卒火葬於西湖靈芝寺。他的作風清麗馨逸，爲後世所宗。所作雜劇凡十九種，今只存有㑳梅香翰林風月、迷青瑣倩女離魂、醉思鄉王粲登樓、周公輔成王攝政四劇。前兩種是戀愛劇，後兩種可說是歷史劇。其中倩女離魂內容係依據唐人陳玄祐的離魂記，描寫極爲佳美，最負盛名。寧獻王太和正音譜稱他：「其詞出語不凡，若咳唾落乎九天，臨風而生珠玉，誠傑作也。」由此可知他的作品是如何的被人稱譽了。

喬吉是元代著名的散曲家，生平已如前述。他所作雜劇共十一種，今存玉簫女兩世姻緣、杜牧之詩酒揚州夢、李太白匹配金錢記三劇，俱見於元曲選中，都是戀愛的喜劇。題材雖舊，但辭藻新雋，描寫美艷動人，尤以揚州夢爲最佳作品。

以上共敘六家，其他各家以限於篇幅，略而不述。

到了明代，雜劇已漸趨衰落。明初尚存元代餘風，雜劇作者也還不少。如朱權、朱有燉等，還是不斷的努力寫作。但自明朝中葉以後，傳奇成爲劇壇的宗主，雜劇作者即大爲寥落，此後只有一位徐渭很爲後人所稱道。朱權所作雜劇十二種，今已亡佚；朱有燉、徐渭兩人，作品現存者尚多，簡介於後：

朱有燉（？——一四三九）號誠齋，爲明太祖第五子周定王橚的長子，定王於洪熙元年薨，他襲封周王；在位十五年，正統四年薨，諡爲憲，世稱周憲王。他爲人博學善書，工詞曲，尤通曉音律，所作雜劇甚多，凡三十一種，總稱誠齋樂府，今傳二十四種之多，在元、明雜劇作家中，也算是個重要人物。他的雜劇，當時非常盛行，李夢陽汴中元宵絕句說：「中山孺子倚新妝，趙女、燕姬總擅場。齊唱憲王新樂府，金梁橋外月如霜。」可知其盛況的一斑。現存的作品爲：天香圃牡丹品、十美人慶賞牡丹園、蘭紅葉從良煙花夢、瑤池會八仙慶壽、惠禪師三度小桃紅、搊搜判官喬斷鬼、豹子和尚自還俗、甄月娥春風慶朔堂、美姻緣風月桃源景、宣平巷劉金兒復落娼、福祿壽仙官慶會、神后山秋獮得騶虞、黑旋風仗義疎財、小天香半夜朝元、張天師明斷辰鉤月、李妙清花裏悟眞如、洛陽風月牡丹仙、李亞仙花酒曲江池、清河縣繼母大賢、趙眞姬身後團圓夢、劉盼春守志香囊怨、紫陽仙三度常椿壽、群仙慶壽蟠桃會、孟浩然踏雪尋梅等。作者因爲是顯赫一生的貴族，所以作品中頗多慶祝讌賞爲貴族娛樂之作，風格多是豐腴華艷的。

徐渭（一五二一——一五九三）字文長，說青藤道士，天池山人，又別署田水月，山陰人。幼有奇才，天資俊逸，詩文書畫咸工，然屢應鄉試不第。後爲浙江總督胡宗憲所賞識，招入幕府。宗憲下獄，他懼禍發狂。後以殺其繼室，坐罪論死，下獄七年，幸爲里人張元忭力救，得免死刑。歸里後賣詩文書畫以餬口，終至窮困而死，卒年七十三。文長天才超特，詼諧風流，奇事甚多，至今猶流傳於民間。他的雜劇凡四種：卽漁陽弄、翠鄉夢、雌木蘭、女狀元，總名爲四聲猿。漁陽弄只一折；翠鄉夢、雌木蘭各二折；女狀元五折，且用的是南曲，在體例上講，雖屬破格，或為作者欲把雜劇革新面目之舉。因為作者是個卓犖豪邁的人，他的作風也是雄肆而俊爽。作品描寫至佳，無論寫的是狂士、是和尚、是女英雄，都能使人讀了眉飛色舞，故論者稱之為「天地間一種奇絕文字」。

此外，重要作家尚有馮惟敏、汪道昆、葉憲祖、沈自徵、孟稱舜、王九思、康海、王衡、淩濛初、徐陽輝、陳與郊、徐翽、來集之……等多人，所傳作品也頗多，不勝枚舉。

第三節　傳　奇

傳奇和雜劇雖都導源於宋代，但因彼此進展遲速的不同，使雜劇大盛於元、明，而傳奇的主要時代則在明、清。明代傳奇，留傳至今者，尚有兩三百種之多，其中著名的佳作也不下四五十種。茲略述傳奇的重要作家與作品。

明代初期，作品最負盛譽的有高明的琵琶記，朱權的荊釵記，佚名的劉知己和拜月亭，徐畛的殺狗記等。「荊、劉、拜、殺」四劇，向推為傳奇四大名作，結構至佳，文字皆以樸質俚俗著稱。

高明字則誠，永嘉平陽人（一作溫州瑞安）。元至正五年進士，授處州錄事，後轉江西、福建等處為官。方國珍起兵反元，欲留他於幕下，但因他與墓府論事不合，即日辭官，客居於鄞縣櫟社的沈氏家，以詞曲自娛。洪武中，明太祖聞其名，召之，他以心疾辭；卒於寧海。所著琵琶記為南曲之祖，是傳奇的第一部。全劇共四十二齣，敘唐時蔡邕與趙五娘結婚才五個月，父命赴京應舉，中狀元，牛太師以女妻之。時蔡邕家中貧困不堪，賴趙五娘勤苦為活，至於吃糠。後蔡邕的父母皆死，五娘乃彈著琵琶到京尋夫，終在牛府相會，夫婦團圓。這是故事的梗概。至於文字，則以清雅勝，在寫作技巧上，極能引起讀者緊張的情緒。明太祖看了琵琶記，稱讚說：「五經四書如五穀，家家不可缺；高明琵琶記如珍饈百味，富貴豈可缺耶？」王世貞說：「南曲以琵琶為冠，是一道陳情表，讀之使人欷歔欲涕。」此語誠然。

現在略述「荊、劉、拜、殺」四劇：

荊釵記是朱權作的。朱權（一三七五？——一四四九）號丹丘，又號涵虛子，是明太祖第十六子。封寧王，初國大寧，後改南昌。性好宏獎風流，喜刊布群書秘本，對於戲曲很有研究，所著有漢唐秘史、太和正音譜、荊釵記等。荊釵記共七十八齣，敘宋王十朋與錢玉蓮訂婚，以荊釵為聘禮；後王十朋赴京應試，中狀元，修書回家。他的同學孫汝權落第還鄉，欲奪玉蓮為妻，私改王信，說王已娶丞相之女，特修書與玉蓮離婚。玉蓮的繼母乃逼她改嫁孫汝權，玉蓮不從，被迫而投江，為錢安撫所救。後來經過許多波折，王十朋終於與錢玉蓮結婚。荊釵記頗有倣效琵琶記的地方，但成績卻較琵琶記大有遜色。

劉知遠一名白兔記，作者不詳。內容敘述劉知遠在微賤時與富家女李三娘結婚，後知遠為妻兄所逐，三娘亦為兄嫂所虐待。不久三娘生下一子，自己將臍帶咬斷，命名為咬臍郎。陰兄嫂欲加害此子，三娘只得託老僕將子送志劉知遠處撫養。時知遠已與岳氏結婚，以討賊有功，陞為九州安撫使的官位了。咬臍郎長成後，精通武藝，某日因追逐一白兔，遇三娘，終得夫妻母子團圓。

拜月亭一名幽閨記，相傳為元人施惠所作。但錄鬼簿記施惠事，並未提到他曾作拜月亭，所以後人頗多懷疑。王國維就說拜月亭恐不出於施手。我們現在只得把它歸之於無名氏。志於寫作時代，則斷定爲明初是無疑義的。拜月亭共四十齣，敘金時有大臣之子興福者，因避朝廷之捕，躍入蔣氏園中，與書生蔣世隆結爲兄弟。不久，興福落草爲盜匪領袖，後來蒙古軍南下，世隆與妹瑞蓮避難出走，同行者有官家女瑞蘭及其母親，紛亂中瑞蓮和瑞蘭的母親都在人羣中失散了，只剩下世隆與瑞蘭同行，因而結了婚。不料在途中遇着瑞蘭的父親，對於他倆的婚姻堅決反對，强領瑞蘭回家。蒙古軍退，興福遇赦赴京應試，途遇世隆偕行，分中文武狀元。後興福與瑞蓮結爲夫婦，世隆亦與瑞蘭破鏡重圓。拜月亭在荆、劉、拜、殺四劇中，是最優秀的，論者多以拜劇與琵琶記並稱，爲南曲的二大傑作。

殺狗記，徐晒作。徐晒字仲由，淳安人。著有殺狗記、巢松集傳世。殺劇的內容，係取材於元蕭德祥的殺狗勸夫。敘富翁孫華沉緬於酒色，與一般勢利小人爲伍；虐待其弟孫榮。其妻楊氏異常賢良，欲諫阻乃夫的非行，於是設計以殺狗爲殺人，夫醉歸而告之，使求朋友幫助於夜間抛棄屍體，朋友不應。後得其弟榮之助，始能運屍城外掩埋。華頓悟前非，兄弟和好。其後，朋友二人則因孫華不與招待，以殺人之罪控之於官。楊氏則以殺狗勸夫之計直白法庭，往驗結果，確實是狗。於是兩個壞朋友被罰，而孫氏一門得蒙朝廷褒封的恩榮。殺劇自始至終所有曲與白都是極端樸拙的，或者有人會貶爲惡劣不雅呢！

嘉靖至萬曆中葉的作家，以梁辰魚、張鳳翼、鄭若庸、薛近兗、梅鼎祚五人爲代表。此一時期的作家，都是當代很有名的詩文家，所以多愛用典雅工麗之詞作曲。梁辰魚的事蹟與散曲已經敘述過。他的傳奇作有浣紗記。係敘吳越興亡的故事，以范蠡西施的悲歡離合做前後關連的線索。作風頗爲典雅華贍，且採用「流麗悠遠」的崑腔，在當時很負盛譽。王世貞有詩說：「吳閶白面遊冶兒，爭唱梁郎雪豔詞」。由此可知他的盛名了。張鳳翼（一五二七——一六一三）字伯起，號靈墟，又號冷然居士，長洲人。他的傳奇有所謂陽春六集，即紅拂記、祝髮記、竊符記、灌園記、扊扅記、虎符記等六種。以紅拂記爲最佳，此劇取材於虬髯客傳，兼具穠妍、哀婉、雄肆諸情調，頗負盛名。鄭若庸字中伯，號虛舟，崑山人。作有玉玦記與太節記。薛近兗事蹟無考，以所作繡襦記得名。梅鼎祚（生卒未詳）字禹金，宣城人。篤好古學，棄「舉子業」。有人欲薦他於朝，堅辭不赴。著述頗富，有梅禹金集、歷代文紀、玉合記等。他的傳奇作品玉合記，雖作風穠麗，「科白安雅，結構緊嚴」，但於穠麗之中不能寓以俊爽，是其缺點。

萬曆中葉以後，以湯顯祖爲最著，他是明代文人中一位最偉大的傳奇作家，所作傳奇價値甚高。此外，沈璟、范文若、李玉、阮大鋮、吳炳等人，也是重要作家。

湯顯祖（一五五〇——一六一七）字義仍，號若士，臨川人。萬曆十一年進士，授南京太常博士，遷禮部主事。後以言事謫爲廣州徐聞典史，遷浙江遂昌知縣。罷官後，歸里隱居，以詞曲自娛，達二十餘年，萬曆四十五卒。他爲人志意激昂，風節遒勁，在朝既能直言，出官亦有德政，只因爲執政者所抑，致窮老而終。所著有玉茗集二十卷，傳奇五種。這五種傳奇，除紫簫記外，其紫釵記、還魂記、南柯記、邯鄲記，合稱爲臨川四夢。還魂記一名牡丹亭，紫釵記本蔣防的霍小玉傳，邯鄲記本沈既濟的枕中記，南柯記本李公佐的南柯太守傳。前二劇寫才子佳人戀愛故事，後二劇爲寓言諷世之作。還魂記純屬出於作者臆造，是湯顯祖最得意的一部傑作。全劇共五十五齣，寫柳夢梅與杜麗娘的戀愛故事。謂南宋時南安郡守杜寶之女麗娘，春日偕婢春香遊於花園，歸後，夢與一執柳枝之秀才在牡丹亭下歡敘，從此相思成病，終於魂歸離恨天。會金兵南犯，杜寶奉命赴揚州為安撫使，將麗娘葬於後園，並為之立梅花觀。後柳夢梅赴臨安應試，途經南安，投宿梅花觀中，麗娘之魂與柳生續歡，細述前情。夢梅發其墓，麗娘應得閻王之許，還魂再生，結為夫婦。不久，柳生狀元及第，杜寶功成而歸，杜氏一家於是團聚。故事詭奇虛幻，強調愛情神聖，意既新穎，辭亦香豔濃郁，真是使人讀了為之迴腸盪氣，眉飛色舞，無怪古今學人對這位偉大的傳奇作家頫首欽佩了。

沈璟是與湯顯祖同時的作者，他的事蹟與散曲已經敘述過。他的傳奇作品很多，有紅蕖記、分錢記、埋劍記、十孝記、雙魚記、合衫記、義俠記、分柑記、鴛衾記、桃符記、珠串記、奇節記、鑿井記、四異記、結髮記、墜釵記、博笑記等十七種，稱為屬玉堂傳奇。但這許多作品，傳流至今者，僅有義俠記、埋劍記、雙魚記、桃符記四種而已。其中義俠記最負盛名。

范文若字香令，號荀鴨，自稱吳儂，松江人。萬曆末進士，曾官「駕部」。所作傳奇有：鴛鴦棒、花筵賺、夢花酣（以上合稱為「鴛鴦花夢」），勘皮靴、生死夫妻、花眉旦、雌雄旦、金明池、歡喜冤家、鬧樊樓、金鳳釵、晚香亭、綠衣人等十餘種。

李玉字玄玉，號蘇門嘯侶，吳縣人。為人博學好古，所作傳奇至夥，有所謂「一人永占」，即一捧雪、人獸關、永團圓、占花魁，以及眉山秀等三十餘種。他喜寫人事故事。作風以悲壯慷慨見長。

阮大鋮字集之，號圓海，又號百子山樵，懷寧人。萬曆四十四年進士，天啟間官給事中，依附魏忠賢。崇禎時以名列逆案，罷官。福王立，拜他為兵部尚書。後降清，死於仙霞嶺。他為人姦佞，為士林所不齒，但富於才藻，所作傳奇，頗為後人所稱譽。作品有燕子箋、春燈迷、牟尼合、雙金榜及忠孝環五劇，以燕子箋為最佳。

吳炳字石渠，號粲花主人，宜興人。萬曆末進士，歷官至江西督學。永曆帝監國，官吏部尚書，東閣大學士。後為孔有德所執，不食而死。他少時即喜作曲，所作傳奇有綠牡丹、畫中人、療妒羹、西園記、情郵記等五種。

明代傳奇作家甚多，其數當在百人以外，以上所舉，僅其重要者而已。

清代傳奇作者與作品的繁衍，幾乎壓倒明代，特別是康熙至乾隆的一百多年間，是傳奇的全盛時期。蓋因當時傳奇所依據的崑曲甚為流行，加以傳奇是戲曲中範圍最廣大的一種體制，可以容納復雜的劇情，適宜於劇場的扮演，所以能備極一時之盛。

清代傳奇作家，有作品傳世者甚多。清初要推洪昇、孔尚任為最著名，時稱「南洪北孔」。而洪、孔之前的李漁，以戲曲為終身事業，著述頗多，又是實演方面的行家，所以也著實著名。至乾隆間，蔣士銓出，又為一大家。以上四家在清代最負盛名。

李漁、孔尚任、洪昇，是清代初期著名的傳奇作家；此外，吳偉業、尤侗等也是這一時期重要的作家。

李漁（一六一一——？）字笠翁，蘭谿人。康熙時流寓金陵。為人善滑稽，喜作狹邪遊，時稱李十郎。他能作唐人式的小說，也善於文學批評，傳奇的寫作更是他的拿手好戲。他的作品最不喜歡抄襲古人的文章，致全力於創造方面。文字通俗易解，詼諧尖新，清暢流利，暢所欲言。曲本處處都能顧及排演上的適宜，結構的緊湊，排場的熱鬧，是李漁所作傳奇獨具的特色。著名的作品有憐香伴、風箏誤、意中緣、蜃中樓、鳳求凰、奈何天、比目魚、愼鸞交、巧團圓、玉搔頭等，合稱爲笠翁十種曲，以風箏誤爲最佳。此外，尙有萬年歡、偷甲記、四元記、雙錘記、魚籃記、萬全記等六種，則知者較少。一般文人對於李漁的曲文，以其文字不够高雅，往往譏嘲爲「太俗」，或「時欠莊重」，其實李的作品極合婦孺的口味，且最適宜於扮演，也最適合於觀衆的心理要求。

孔尙任（一六四八——一七一八）字季重，號東塘，又號云亭山人，山東曲阜人。早年讀書於石門山中，博學好古，才名重於當時。康熙二十三年，聖祖到曲阜祭祀孔廟，他以監生進講大學、周易，並詳述文廟車服禮器。因應對稱旨，被擢爲國子監博士。此後由國子監而戶部主事，而工部員外郞，前後凡十五年，康熙三十八年辭官歸里。他淡於榮利，讀書很多，熟於古代的文獻歷史，更喜歡研究古代音樂。著作有孔子世家譜十卷，湖海樓集十三卷，而使他在文學史上享有盛名的不朽傑作，是一部桃花扇傳奇。

桃花扇傳奇共四十齣，經作者精心結撰，歷時十年，三次改稿始成。是我國結構最完整藝術最優越的歷史劇，在淸代傳奇中有著特殊的地位。全劇以明末名士侯方域與秦淮名妓李香君的愛情故事爲線索，而注重在抒寫南明亡國的慘劇。作者因接觸不少南明遺老，內心有着深刻的亡國隱痛和濃厚的民族意識，藉侯、李愛情故事爲外衣，表現出全部南明的亡國史：偏激的黨派爭執，腐敗的政治軍隊，糜爛的名士生涯，叙述得處處生動，事事逼眞，於蒼涼感慨中發人深醒。所叙諸事，多能「細按年月，確考時地」，作信史觀；淸代劇家喜徵實的風氣蓋始於此。全劇在內容上意境上旣可供多方面思考借鏡，而又情趣橫溢，悲壯悽涼；在文辭上也有過人之處，可說藻麗淸新，曲盡其妙。因能雅俗共賞，使人百讀不厭。在清代戲曲裏，不用懷疑的它是第一部傑作。

洪昇（？——一七〇四）字昉思，號稗畦，錢塘人。康熙時爲「上舍生」。初遊京師，學業於王士禎，後又從施潤章得詩法；然而他在詩文上似無多大成就，使他成就文名的是戲曲。據說他在國忌日導演他的傑作長生殿一劇，爲人告發被革斥，以致一生坎坷不得意。時人有詩云：「可憐一齣長生殿，斷送功名到白頭」。康熙四十三年，他出遊，過吳興潯溪，飲酒舟中，醉後失足墮水溺死。他的傳奇有長生殿、迴文錦、迴龍院、錦繡圖、鬧高唐、節孝坊、舞霓裳、沈香亭等八種，以長生殿一劇最享盛名。全劇共五十齣，係根據唐白居易的長恨歌及陳鴻的長恨歌傳，寫唐玄宗與楊貴妃的故事。其文字的明艷，堪與桃花扇相伯仲。特別是後半部寫楊貴妃的死後，作者用極其神韻飄渺的筆，表出極眞摯悱惻的戀情，其藝術上的造詣，實遠在白樸的梧桐雨之上。眞所謂「語語精粹」，在清代的戲曲裏面，堪稱稀罕的創作。談到音律方面，洪曲遠較孔曲完美，所以歷來論曲的人，喜徵實的尊孔，重音律的則祖洪。清代的孔、洪，就像唐代的李、杜、韓、柳一樣，是不易判定高下的。

清代中葉的傳奇作者，以蔣士銓爲巨擘，夏綸、董榕二人也是很重要的。茲略述於後：

蔣士銓（一七二五——一七八四）字心餘，又字苕生，號清容，江西鉛山人。乾隆二十五年舉進士，曾任翰林院編修，在官八年，迄歸養母。後來又歷主紹興的蕺山、杭州的崇文、揚州的安定等書院多年。晚年受高宗賞識，以御史用。他的著述很多，在戲曲方面，以藏園九種曲爲最著名。其中一片石、第二碑、四絃秋三種是雜劇。屬於傳奇的是：空谷香、桂林霜、雪中人、香祖樓、臨川夢、冬青樹等六劇。空谷香是敘顧瓚園與其妾姚夢蘭由離而合的故事；桂林霜是譜馬雄鎭及其家屬死難廣西的事；

香祖樓是敘仲約禮與其妾李若蘭由合而離的故事；四絃秋是演白居易的琵琶行；臨川夢是演湯顯祖的臨川四夢；冬青樹是寫宋末亡國的史事。作風或雄肆悲壯，或清麗哀婉，尤以空谷香為最佳。

夏綸字惺齋，錢塘人。行事無考。所作傳奇有無瑕璧、杏花村、瑞筠圖、南陽樂、廣寒梯、花萼吟等六種。

董榕字恆岩，號謙山，又號繁露樓居士，道州人。曾官九江知府。所作知龕記，也是頗為徵實的歷史劇，是寫明代萬曆、天啟、崇禎三朝的史事。雖不及桃花扇，但亦為當代著名作品。

清代中葉以後，傳奇的場面趨於冷落。其原因是由於傳奇所依據的崑曲，被二簧西皮等新興的樂曲壓倒了；舊的崑曲已不適合於劇壇的演唱要求，所以有才氣的文人就不熱心去寫不景氣的傳奇了。這一時期，可述的傳奇作家極少，僅簡介黃憲清、楊恩壽二人。

黃憲清一名燮清，字韻珊，號吟香詩舫主人，海鹽人。道光時舉人，曾官宜都、松滋知縣。所作傳奇有茂陵絃、帝女花、脊令原、桃谿雪、居官鑑、玉臺秋等。帝女花取材於吳偉業詩，敘長平公主事；桃谿雪取材於黃安濤傳，敘吳宗愛事。作風都哀感頑豔，是黃曲中的傑作。

楊恩壽字蓬海，號蓬道人，長沙人。少有大志，但以命途多舛，從未顯達。曾與修湖南省志，以不合而去。時以作曲自遣，所作傳奇有麻灘驛、桃花源、姽嫿封、桂枝香、再來人、理靈坡等，以麻灘驛為最著。

清代的傳奇作家，態度多是莊重的。作品多喜歡徵實，喜寫滄桑之感。甚且給傳奇加上有裨於風化的重大使命，是其特異之處。

第十一章　唱　詞

第一節　概　說

「唱詞」是流行於民間的通俗文學，它在民間的勢力，遠較任何文學為大，就其文學價值而論，亦不減於其他文學。婦孺口中傳奇的故事，民俗學者往往樂於稱引，有時卻不知其來源，其實大部分出自「唱詞」。的確它是大眾生活的一部份。「斜陽古道柳家莊，負鼓盲翁正作場。死後是非誰管得，滿村聽說蔡中郎。」這是陸游的詩句，由這裏我們可以看出通俗文學在民間的蓬勃情形，它真可說是民眾的主要「育樂」項目。

「唱詞」是用散文和韻文組合而成的文體。它和宋人「話本」不同之處，在於「話本」僅限於「說」，而沒有彈唱；「唱詞」則有「說」有「唱」。它與戲曲的不同之點，在於「戲曲」有「唱」有「說」且能「搬演」；「唱詞」則只能「說」「唱」而不能「搬演」。

唱詞的體裁有三種：

第一種「有唱、無表、無白」。這一類在體裁上實為通俗的詩歌，好像曲中的有「散曲」，它實在不能算為唱詞的一體，但它常附見於「彈詞」和「鼓詞」裏，可以視為「唱詞」的附庸。

第二種「有唱、有表、無白」。此體是「寶卷」與「鼓詞」的常體，唐人「變文」也是如此。在「彈詞」中，所有女性的作品，大部份屬於此體。

第三種「有唱、有表、有白」。此體爲「彈詞」的正體，組織和「戲曲」類似，兩者的區別是戲曲所用的唱辭爲「散曲」，而「唱詞」是用七言或七言加襯字的詩句。

「唱詞」因所用樂器及所唱聲調的不同，分爲「寶卷」、「彈詞」、「鼓詞」三類。在唱時，「寶卷」用木魚，「彈詞」用弦索，「鼓詞」用簡板與鼓。「寶卷」與「彈詞」爲南詞，「鼓詞」爲北詞。無論寶卷、彈詞、鼓詞，如以它們的內容分類，則幾乎與「通俗小說」完全相同，這是因爲中國通俗文學的取材，多喜取民間所熟悉的故事，所以內容往往相同。同一故事，旣寫成小說，又有人把它譜成戲曲，也有人把它寫作唱詞。就是同在唱詞中，彈詞寫過的故事，鼓詞中不妨取以重寫。但也有爲唱詞所獨有的，如「寶卷」中的勸化故事，「彈詞」中宣揚女才之作，却是「通俗小說」中所沒有的。

「唱詞」起源於唐人的「變文」。「變文」本是佛教徒宣揚教旨之作，宋人的「寶卷」，卽自「變文」直接演進而來，且仍繼承著宣揚教旨的使命。至於「彈詞」則來源於宋人的「淘眞」；「鼓詞」則來源於宋人詞中的「鼓兒詞」。這類文學作品，與通俗小說具有同等的價值。但因爲它向不被一般文人所重視，所以在小說與戲曲在中國文學史上掙得地盤的時候，它仍被棄置於一角。說起來眞令人慨嘆不已！我們由「騎驢看唱本——走着瞧」這句民間的俏皮話看來，便可知道「唱詞」在廣大的社會上，是如何的風行了。

第二節 寶卷

「寶卷」是唐五代時「變文」的演進，這個名稱最先見於宋時。它與變文的不同之處，僅變文的辭句長短不齊，且多諺字俗語，而寶卷的辭句則易俗爲雅，較爲整飭。變文最初專用以演述佛經故事，宣揚教義，後來也有寫民間傳說的故事的。寶卷所寫的範圍較爲擴大，除勸化故事外，由小說、戲曲改寫的作品也不在少數，於是更包羅了男女間的愛情故事。

現存的寶卷，大都不知作者的姓名和寫作時代。如若按照它們的內容分類，可以分爲修化故事、諷勸故事、婚姻故事三種。屬於修化故事的有香山寶卷、魚籃寶卷、延壽寶卷、伏虎寶卷、劉香女寶卷、藍關寶卷、秀女寶卷、龐公寶卷……等。屬於諷勸故事的有還金得子寶卷、昧心惡報、目連三世寶卷、楊公寶卷、嘆世寶卷、李翠蓮施釵寶卷、雙貴圖寶卷……等。這些故事，都在發揮「善有善報、惡有惡報」的因果思想。至於婚姻故事的一類，大都由小說、戲曲等改寫而來，在寶卷中是最後興起的，有珍珠塔寶卷、梁山伯寶卷、趙氏賢孝寶卷、白蛇寶卷、還金鐲寶卷、何文秀寶卷、正德遊龍寶卷……等。

以上這許多作品中，僅香山寶卷知其爲宋崇寧二年普明禪師所作。在寶卷中，它是最古流行的一種，也是修化故事裏最偉大的傑作。香山寶卷分上下兩卷，原名爲觀世音菩薩本行經簡集。所敘故事內容如下：

迦葉佛時，須彌山西，有一個興林國，國王名婆伽，年號妙莊。妙莊十八年二月十九日，王之三女妙善降生。妙善爲仙女轉世，一意在佛。王因無太子，想招駙馬繼後，妙善立意修行，不肯答應。妙莊王大怒，囚她於後花園，得母后說情獲赦。後來妙善到白雀寺修行，妙莊王圍寺放火，火被她刺血變爲紅雨息滅，用刀斬她，她也不死。最後她因避免與父王爲難，禱告上天容其一死，遂爲弓弦勒絞而終。她魂遊地府，閻王以其慈悲大願未償，仍送還陽。因太白金星提示，至惠州澄心縣香山懸崖洞中修道，九年修全，名為觀世音。其時妙莊王因毀棄佛法，染患不治之症，必須到香山懸崖洞求不嗔人的神術，才能治癒。等到病愈去致謝的時候，發現所謂不嗔人就是他的女兒公主妙善。於是國王改行修道，後來也同登淨土。

香山寶卷的開頭是：「登壇開白，歲次某年二月十九日，恭遇大悲觀世音菩薩降誕良辰。我今登壇宣演觀音寶卷，眾等務宜攝心端坐，齊身恭敬，不可言語談笑，切忌高聲混亂。（鳴尺）必須諦聽，宣揚清靜耳聞，從聞思修，聖凡不二。」以下便是經云，引入正文。可知當時宣講此卷，必多是在觀世音降誕之日，地點當在寺廟之中，不過聽眾當然是一般民眾。所用言辭至為淺明，寫得有聲有色，頗為動人。雖旨在宣揚教義，有時言理亦頗有見地。茲抄錄妙善被父王勒死魂遊地府的一段：

南無觀世音菩薩！公主方知歸陰府，悽惶兩淚落如傾。杳杳冥冥知何處，沉沉路遠可傷情。童子特旛來引路，自隨童子往前行。先過鬼門關一座，鐵人見此也心酸。阿鼻獄城高萬丈，鐵圍幽暗絕光明。三司案前無私曲，十八獄主沒人情。又見鐵床銅柱獄，刀山劍樹白如銀。鑊湯爐炭驚人怕，寒冰鋸解怕殺人。業鏡臺前親照出，絲毫犯罪不容情。萬劫死生誰動念，百年身世獨傷神。男女鬼囚無萬數，號啼哭泣如鵝鳴。思量地獄千萬苦，誰人免墮不經臨？又到破殘山下過，枉死城中見尼僧。埋冤叫屈來扯住：「累及我們早身亡，汝出三界先度我，與君兩息別無因。」公主當時開言說：「尼僧今且聽緣因，自古有生還有死，只爭來早與來遲。若要不經閻王手，須是真空大定人。」

這善部童子引公主過破殘山、枉死城中，撞見數個尼僧，一把扯住，高聲叫言：「我等被你連累屈死，墮此受苦無奈。」公主曰：「我和你昔日無讎，今日無冤，生死限定，數到形崩，善惡果報還是自受，於我何干？」尼僧曰：「縱然如此，望師慈悲，救度超生！」

香山寶卷雖以宣揚教義為宗旨，但它通俗的文句，感人的描寫，確能吸引一般民眾，有其文學上的價值。

純粹寫民間故事的作品，這裏說何文秀寶卷。它的內容是敘明嘉靖年間南京應天府江陰縣學臺何顯之子何文秀與國老王元之女蘭英的婚姻故事。本卷開場是文秀拜別娘親前往華山進香，路過揚州，留戀蘭花院妓女劉三玉。此時其父何顯在山東主考，與知府陳練不睦，歸家路受風寒，一病而亡。陳練借端想害何家一門，文秀亦被捕，幸得為丹陽李千青救脫。文秀逃往蘇州，以唱道情為生，遇國老王元之女蘭英，二人一見鍾情，私相幽會。王元得悉大怒，把二人裝在袋裏，投入江中。幸暗地為女母所救，送了許多銀子叫他倆逃生，二人遂結為夫妻，逃至海寧。時有惡霸張堂、張興主僕，見蘭英貌美，設計誣文秀殺害婢女，把他解到杭州定罪。是時仇人陳練，恰為杭州知府，遂判以斬刑。獄官王某，知文秀無罪，以自己的兒子代替了他死。後來文秀中了進士，為浙江十一府巡按，遂報前仇，並與蘭英重慶團圓。茲錄文秀與蘭英初會的一段如下：

且說蘭英已經香酒飲醉，扶進房中，便叫妙蘭丫環：「外面唱道情的先生，請他進來。」〔付旦〕「曉得。」妙蓮去到外面，叫：「唱曲的何在？裏面小姐請先生進去領賞。」〔小生〕「曉得。」文秀走到裏面，即忙上前施禮。〔小旦〕蘭英問道：「你家在那裏？姓甚名誰？為何沿街唱曲度日？仔細說來。」〔小生〕「小姐容稟：若然問我家中事，說起家鄉淚淋淋。家住南京應天府，江陰縣內有名聲。父親山東爲學院，母親裘氏老夫人。小生名叫何文秀，去到華山還愿心。只爲陳練惡賊毒，放火燒倉害我們。父親爲他身亡故，母親撞死在公堂。我家總管九思來斬首，使女安童各逃生。房屋打淨改倉庫，將我家財化灰塵。小生來到丹陽縣，公差捉住難逃生。他把書童來打散，來了恩官李千青。他把公差來喝退，放我蘇州來逃生。來到蘇州難度日，並無銀錢半毫分。左思右想無擺佈，只得沿街唱道情。」〔旦〕蘭英聽得心中想，也是忠良後代根。看他勿像江湖客，不比平常下等人。我將終身托付你，後來必定貴人身。開言便把相公叫：「你今聽我說原因。你今是個官家後，來到花園走一巡。借你黃金三百兩，尋個住處把書誦。奴家終身私定你，不可外面走風聲。爹爹就是王國老，律法嚴刑不容情。倘若機關來敗露，你我性命活不成。贈你一幅龍船寶，一幅龍船兩下分。你拿頭來我藏尾，作爲表記當媒人。倘若日後功名就，不可忘記我恩情。」文秀聽得心中喜，天賜良緣與我身。「難得小姐恩情好，贈我黃金喜歡心。若是小生功名就，不忘小姐大恩情。」忙把小姐來作別，且到黃昏接黃金。

我們看了這段，知道何文秀寶卷在文字方面，較香山寶卷更爲通俗淺顯。敘述才子佳人的故事，與通俗小說有甚麽分別呢！

第三節　彈詞

「彈詞」一名「盲詞」，起於宋代的「淘眞」。西湖志餘說：「杭州男女，瞽者多學琵琶，唱古今小說平話，以覓衣食，謂之『淘眞』，大抵說宋時事，蓋汴京遺俗也。」唱「淘眞」和唱「彈詞」的都是盲人，同時都以弦索配樂，所以可以說兩者確爲同源。「陶眞」亦作「淘眞」，它的取義已不可深考。同時因其無作品流傳，在體裁與內容上亦無從研討。若從現在僅存的「太祖太宗眞宗帝，四帝仁宗有道君」二句看來，和後來的各種「唱詞」在體裁上似無多大差別。

「彈詞」的體裁，最流行的有兩種：一爲「有唱、有表」，和「寶卷」、「鼓詞」相類似，所用詩句多爲七言，書中人物都作第三人稱。一爲「有唱、有表、有白」，還有上場詩或詞，人物用第一人稱，有「生」「旦」「末」「丑」之分，除了曲辭爲七言唱句外，其他幾完全與戲曲形式相同。前一體大都出於女性之手，篇幅巨大，最多的多至百萬字以上，但不宜於彈唱；後一體往往爲唱者所自作，篇幅較短，字數至多爲二十萬左右，少者亦有數萬言。

「彈詞」這個名詞，據說初見用於元人楊維禎的四遊記，可惜原書散佚，不能詳其究竟。彈詞原是女性們最愛聽的唱詞，作者又多爲女性，內容往往離不了才子佳人的情節，所以其中最多戀愛和婚姻故事，歷史故事和其他故事則較少。我們可依其內容的不同，把它分爲八類：

一、歷史故事　如精忠傳、天寶圖等。

二、神怪故事　如義妖傳、夢影緣等。

三、人情故事　如天雨花、果報錄等。

四、婚姻故事　如珍珠塔、雙珠鳳等。

五、公案故事　如十五貫、玉夔龍等。

六、宣揚女才之作　如筆生花、安邦志等、

七、褒揚貞節之作　如同心梔、哀梨記等。

八、詼諧作品　如三笑姻緣、換空箱等。

彈詞在明代已經很流行，玉蜻蜓與珍珠塔在嘉靖時即為大眾所歡迎，是明人著名作品。此外，玉釧緣、安邦志、定國志、鳳凰山……等，大約也是明人所作。我們由明末清初的作品天雨花所說「彈詞萬本將充棟」的話看來，當時彈詞傳世之多可以想見。茲簡介玉蜻蜓與珍珠塔二書如下：

玉蜻蜓今本繫前傳六卷二十八回，後傳八卷三十二回，每回均以二字為回目，作者無考。前傳敘姑蘇南濠人申貴升（名璉）秉性風流，娶吏部天官張國勳之女張氏雅雲為妻，張氏貌極豔麗，但貴升仍想在外面玩趣陶情。一日，與表弟沈君卿同往山塘看紫霞班演戲，時有法花庵妙尼志貞與當家普禪也在看戲，貴升看見驚為天人。返家後徹夜思念，未能入睡。次晨，約君卿假借遊庵，調戲志貞，並約次晚三更在庵中幽會。不想被普禪撞見，硬把貴升拉在自己房中，不放出來，害得志貞頗為難受。張氏不見乃夫歸家，先到沈宅索夫，後到庵中搜夫，前後三次均被普禪瞞過，一次是假裝神像，二次是睡在鼓裏，三次藏在大殿天花板上。後來貴升病了，加以思家心切，庵內又無法請醫生治療，中於病重而死。那時志貞已經懷孕，貴升死前將佩玉蜻蜓一支送與志貞，預備為後日還宗證據。後來志貞果生一子，乃將此子與玉蜻蜓共棄於道，為蘇州知府徐坤收養，認為螟蛉子，取名徐元宰。後傳敘貴升之子長大後，又過繼於張氏為繼子，因見玉蜻蜓，探問究竟，始知為貴升嫡子。元宰後中狀元，迎志貞還俗，仍復申姓，並與張瑞珠成婚，合門歡敘，終慶團圓。

前傳書末有云：「此是嘉靖年間事」，可知或非虛構而確有其事。就情節而言，前傳之三次搜庵，緊張熱鬧；貴升病危，悲切動人；在寫作技術上，都能引人入盛。實較後傳為強。茲錄前傳十九回葬穴一段描寫以供欣賞：

〔白〕「阿，太爺，好些了嗎？」「呀，那個叫我？」「大爺，當家在此望你。」「咳，當家，你來了麼？我正要同你說話。阿唷，疼痛得很噓！你扶我一扶。」「呀，來了。」

〔唱〕「志貞扶了申公子，一忽翻身向外床。」

〔白〕「當家，恕小生不見禮了。」「呀，大爺，貧尼問候來遲，望勿見怪。」「咳，我不怪你別的呀！只怪你：〔唱〕不肯放我回去，小生一心念家鄉。懇求普太行方便，勝往名山燒寶香。」

〔白〕「呀，大爺，你病得這地步，還想回去，這是斷斷不能夠的。」

〔唱〕「望你慈悲開一線，恩如泰岱德如洋。望求放我回家去，如求吃素拜慈航。望求放我回家去，猶如重生父與娘。望求放我回家去，結草啣環恩不忘。望求放我回家去，來生剪肉並燒香。望求放我回家去，猶如南海捨檀香。望求放我回家去，猶如掃塔拜金剛。望求放我回家去，來生犬馬報恩光。望求放我回家去，我貴升永遠不相忘。阿約，普太呀！小生在此相求你，望你恩開日月光。」

〔白〕「哈哈哈，大爺，你又來說笑話了。日前又不是請你來的，又不是接你來的，乃是你自己來的。」

〔唱〕「當思自己貪歡樂，何曾我等戀書香？」

〔白〕「貧尼倒有一比，」「比著什麼來哪？」

〔唱〕「三徒韓信我張良，公子如同楚霸王，不到烏江心不死，江心船漏費周章。好時何不回家去，如今病重怎歸鄉？況且府上娘娘性多躁，若然聞得惹非殃。決難從命相應許，如欲回家待體康。」

〔白〕「當家，你竟如此狠心？咳，苦呀！我也說不得了，望你今夜三更，叫佛婆開了後門，小生撐了回家，扒也扒了回家，總總不住在佛庵內便了。」「不相干的，你這等病重的人，莫說撐到後門，只怕走下床來，就要頭暈了，斷然去不得的！」

〔唱〕「貴升聽說淚交流，頓時血湧上咽喉。四肢冰冷烏珠定，面上頓時泛紙灰。」

〔白〕「啊約，大爺，看仔細。阿呀呀，這樣血腥臭，三徒，只好你在此伏侍他的，我是弄不來的。」

〔唱〕說幾句落場身外出，志貞難免淚雙垂。

〔白〕「阿呀，大爺醒來，大爺醒來！

〔唱〕可恨當家多惡薄，眞是無情無義儔，不思問候來安慰，反來火上又加油。」

〔白〕「大爺醒來噓！」

〔唱〕咽喉叫啞紛紛泪，吊髮抽唇又一回，方才慢慢還陽轉，志貞合掌念慈悲。

珍珠塔原本十八回，作者無考。今本二十四回，前有淸光緒十九年古吳懷周主人序言，知必爲他所補訂。序云：「余遊楚十二年，至襄陽者再，遇方秀才寶書，述其遠祖明少保公以避中州水患，移家於襄。當少保未遇時，訪親不合，流落南昌。其後登甲科官至尚書，先後爲陳、畢兩家壻。」可知其事亦非虛構。故事的內容是這樣的：

河南開封府祥符縣人方卿，本顯宦後裔，父爲吏部，被人陷害，家中又遭火災，弄得家破人亡，母子二人十分淒苦。方卿十九歲時，母親楊氏命他赴襄陽探望姑爹姑母。姑爹陳璉待他很好，姑母勢利心重，冷言冷語，使他十分難堪。方卿一怒而去，表姐翠娥聞悉，心有不忍，私贈銀兩之外，又暗送珍珠串成的寶塔。姑爹陳璉追至九松亭，將翠娥終身許配於他。行至黃州，忽遇强人邱六喬，將珍珠塔刼去。方卿則幸爲提督畢雲顯救至南昌家中，雲顯愛他才貌，亦以己妹繡金許配於他。並差人接他母親，差人却半途而逃。方母等待不耐，也去襄陽。到了九松亭適邱六喬被捉正法，路人謠傳，都說方卿卽被邱犯殺死。方母聞之，欲投河自殺，幸被白蓮庵當家靜芳所救，接入菴中。六月十九日，觀音聖誕，翠娥前往燒香，得與方母相見。是時方卿已中狀元，爲七省盤查監察御史。他到襄陽假扮一個唱道情的去見他的姑母，姑母仍然十分看不起他。等到方卿顯露眞相，認了母親，再到姑母家裏，姑母才自知虧理，無顏相見。最後以方卿娶了陳、畢二氏爲妻作結。茲錄第二十四回見母心歡淚多一段的描寫：

〔生白〕母親聽稟。〔老旦白〕起來講。

自家鄉，拜別離；自家鄉，拜別離，風傷一路甚慘悽，去訪張基，相逢則未，偏偏人往他邦地，偏偏人往他邦地。

〔老旦白〕他往那裏去了？〔生白〕母親，孩兒到黃州去訪張世兄，他往別府辦差去了。兩邊不遇，只得依然素手，到了襄陽，已是十月初旬時候了。

見姑娘，把我欺；見姑娘，把我欺，不念親情只重衣。話不投機，口是心非，聽他言語多勢利。呀，那時我氣吐虹霓，就告別離。可恨那府中惡婢，送我到半途拋棄，走花園路甚蹺蹊。再不想賢表姐多情義，再不想賢表姐多情義。

〔老旦白〕其時表姐怎樣？〔生白〕其時表姐叫丫環留我暫停，要贈盤費，孩兒執意不收。臨別送茶食一包，我到九松亭打開，誰想藏珍珠塔一座。正在躊躇，只聽得後面鸞鈴響處：

馬聲嘶，走如飛；馬聲嘶，走如飛，姑父追近要我歸。我不肯收，見我傲氣，許親又把紅絲繫，許親又把紅絲繫。

〔老旦白〕姑父既然如此好心，你那時就該隨他去了。〔生白〕母親吓！姑母這般情薄，孩兒寧死不去那。

趕程途，步忙移；趕程途，步忙移，歸家怎奈無盤費。再到黃州，借貸些微，其時方好回故里，其時方好回故里。

〔生白〕一連走了幾日，到了黃州地界，只因貪趕程途。

但見彤雲起，雪霏霏；彤雲起，雪霏霏，他鄉遊子甚孤悽。無枝可棲，不辨東西，迷津在倉皇際，迷津在倉皇際。吓！只聽得松林吶喊一聲，如雷灌耳，跳出個惡強徒，形容奇異。手持著明晃的鋼刀銳利，上前來扯住衣。阿唷阿唷！豈不要嚇殺了做兒的！嚇殺了做兒的！苦得我孤身獨自悲，我魄散魂飛，身混沙泥，只得把行囊拋棄強徒去。已是三更半夜時，荒郊曠野無人濟，漫漫路迷，冷溲溲氣微。認不得官塘高與低，又寒又餓，凍倒長堤，跳入清溪。自知此命無生理，自知此命無生理。

〔老旦白〕兒吓，你那時怎的重生？〔生白〕母親吓，幸虧有個軍門畢公，就是南昌畢雲顯，現在湖廣提台。他父親上達，是我祖父的門生，又是姑夫的門生。〔老旦白〕他怎樣來救你？〔生白〕只為養親回去，船過官塘，聽得孩兒叫喊，他喚家人救醒，問起根由，十分篤情，要孩兒作伴，同到南昌。在他家，攻書史；在他家，攻書史，恩情可比兄弟。捐監江西，即赴京畿，恰遇恩科連及第，恰遇恩科連及第。

〔老旦白〕什麼及第？〔生白〕母親吓，今歲開萬受恩科，卻在三月。孩兒以南昌籍貫連捷，一時殿試，欽點狀元及第，現任七省巡撫御史。

珍珠塔雖然也是婚姻故事，然而他卻充份寫出了社會上一般勢利小人的活影。方卿的被姑母奚落，是全書最得力的地方，他巧妙的描寫出世態的炎涼與人情的淺薄，這與一般才子佳人的小說相比，確有不同之處。至於文字方面，則無論說白唱辭，都有著無限的雋美呢！

彈詞至清代而更盛。天雨花中有云：「彈詞萬本將充棟。」可見其時彈詞傳世之多。清代的作品，除大部份仍為彈唱者所自編外，有的卻也為工詩文的文人所作。作者姓名可考的，幾乎都是女性。著名者有陶真懷的天雨花，孫端生的再生緣，侯芝的再造天與錦上花，邱如心的筆生花，程惠英的鳳雙飛，鄭澹若的夢影緣，周穎芳的精忠傳，朱素仙的玉連環……等。其他如天寶圖、金台傳、果報緣、十粒金丹、雙珠鳳、文武香球、還金鐲、百合花、描金鳳、雙珠球、義妖傳、玉夔龍、十五貫、三笑姻緣、九美圖、換空箱……等，都已不知作者的真實姓名。這些作品，流行於廣大的社會，著實為大眾所歡迎。

第四節　鼓　詞

「鼓詞」本是「鼓兒詞」的簡稱，由「鼓子詞」演進而來。宋人趙德麟用蝶戀花詞十闋譜唐人會眞記故事，可以合鼓而唱，稱爲「商調鼓子詞」。「鼓子詞」和「鼓兒詞」，顧名思義，當爲一物，同出一源。兩者不同之點是：「鼓子詞」的「唱」用詞調，「表」用文言；「鼓兒詞」的「唱」則用五言、七言或十言等句組成，「表」用白話。僅文雅與通俗之別而已。

通俗的鼓詞，最早產生於明代，明人楊愼的二十一史彈詞，爲現存最古的鼓詞，雖作者自稱爲「彈詞」，然因它在彈詞中別稱北詞，「彈詞」爲「南詞」，「北詞」卽爲「鼓兒詞」；所以它是「鼓詞」，而不是「彈詞」。正式用「鼓詞」這名稱的，據現在所知最早始自明末闕里人賈鳧西的木皮鼓詞（一稱通鑑鼓詞）。是作者想利用「鼓詞」文體的通俗，把他的憂憤感懷之情，傳佈給廣大羣衆的作品。由此我們可以推知當時這類唱詞，一定是普遍於民間了。

「鼓詞」與「彈詞」不同之處，在於「彈詞」用弦索配樂，音調柔婉，適宜於彈唱社會人情，所以最多戀愛及婚姻故事。「鼓詞」配以鼓和簡板，音調剛强，最適於表現英雄狀態，它的取材多是歷史上有名人物，以是勇武故事最多。從文字上來看，兩者也有差別，「彈詞」的唱句大多是七言的，「鼓詞」則多十言，有時長短不定，極盡其雄肆奔放之趣。

現在所傳的鼓詞，總數至少應在百種以外，幾乎全部爲淸人所作。小說家蒲松齡也好作鼓詞，今所知者有：問天詞、東郭外傳、逃學傳、學究自嘲、除日祭窮神文、窮神答文、和先生攬館、俊夜义曲、牆頭記、幸雲曲等十種。體裁和民間流傳的稍有不同。民間流傳的作品，大都是唱鼓詞的人所自編，作者姓名多無可考。依其內容分類，則勇武故事最多，婚姻故事次之，公案故事又次之，神怪故事最爲少見。

敘述武勇故事的鼓詞，多取材於列國志、三國志、隋唐演義等書。如前後七國志、吳越春秋、五雷陣、聚仙陣、英雄大八義、小八義……等，都寫列國故事。三國志鼓詞內容則全同三國通俗演義。寫隋末唐初瓦崗寨諸英雄故事的，尤爲繁多，不下數十種，且每種都相連續，最流行的有：秦瓊打雷、太平府、打登州、延安府、二虎嶺、響馬傳、瓦崗寨、三全傳、大破孟州、三省莊……等。寫唐代薛家故事的有：薛仁貴征東、大西唐、小西唐、對松關、萬仙陣、反唐……等十餘種。其他敘述唐代故事的，尚有秦英征西、五女興唐、粉妝樓、綠牡丹……等。此外，敘述宋代楊家故事與呼家故事的，亦屬不少。寫楊家故事的有：奔牛陣、天門陣、金陵府、歸西寧、爭帥印、十二寡婦征西……等。寫呼家故事的有：金鞭記、呼延慶征西、呼延慶征南、呼延慶打雷、大上坟……等。

寫婚姻故事的鼓詞，常見的有雙釵記、二度梅、三元記、汗衫記、三全回盃託、繡鞋記、巧連珠、蜜蜂記、蝴蝶盃、金鐲玉環記、二女多情傳……等二十餘種。

公案故事有巧合奇寃、金鎖記（又名六月雪）、串龍珠、左公案、李公案、下兩廣、通州壩、紅旗溝、雙鏢記、雙合印……等。

神怪故事有：昇仙傳、西遊記……等。

在這衆多的作品裏，舉錄賈鳬西的木皮鼓詞與前後七國志二種，以見其文字的一般。

賈鳧西號木皮道人，明末闕里人。生平無考。所寫木皮鼓詞又名通鑑鼓詞，全書只七八千字，卻敘述了從開闢到明初的漫長年代。對於改朝換代的紛亂情形，描述得異常深刻。文字簡練，氣魄雄偉逼人。請他看敘述魏、晉的一段說白與唱詞：

你看那周、秦、兩漢轉眼都成夢幻。曹瞞欺孤滅寡，落了個萬世的罵名。司馬懿依樣葫蘆，看他有何結果！

秋風吹落中營星，銅雀春深一望空，賣履分香還掉鬼，曹瞞死後馬蹄鳴。你看他如狼似虎惡父子，再一輩行酒驛亭打支應。那劉聰札住團營洛陽縣，堂堂的公主降了驛丞。金牛跳了能行馬，玉板登舟化作了龍；奸心狡計司馬氏，百年何嘗有一寧！正是生靈血混長江水，到了今一陣來草木腥。

前後七國志共十卷，前七國四十一回，後七國四十八回；體材一如小說，所不同的是中間多了些唱詞。本書雖名為七國志，但實際上前部只述燕國的孫臏與魏國的龐涓鬬志的故事；後部則只寫燕國的樂毅與齊國的田單取齊復齊的故事。孫臏與龐涓，都是鬼谷仙師的弟子，隱身變形，虛幻怪異，亦頗能引人興趣。茲將其第二十五回龐涓欲殺孫臏，孫臏以幾個紙人脫身的描述抄錄如下：

話說二人解著孫臏，來至府門，門人進去通報；龐涓聽說心喜，吩咐「帶上來」！門軍聽說，將孫臏推至大堂。龐涓一見，微冷冷笑罵道：「作妖的妖賊，你也有今日麼！」連喝了幾聲，孫臏並不言語。龐涓說：「你為何不言不語？想是你理屈詞窮，無話說了。」「刀斧手，與我拿下去，凌遲處死！」兩邊答應一聲，正要動手，忽有軍士來報：「西門上也拿了一個孫臏。」龐涓心中暗道：「這是怎麼說，莫非又中了孫臏的計了！」正在疑惑，南門北門一齊來報，也都拿著孫臏。明公！怎麼一時之間，就有這四個孫臏？原來孫臏起身，造下了五個紙人，自己帶著一個，後邊還有用處，交於陳貞一個，伺候著出東門；那三個吹上了一口法氣，散在南門北門西門，所以拿著四個孫臏。閒文不提。

煞時間一個個解至大堂，龐涓看了看四個孫臏，分毫不差，把個龐涓弄的直眉瞪眼，罵了一聲「孫臏！你久慣了這個法混我，實對你說，今日可比不得在朱亥家裏了。」龐洪道心頭火起眼圓睜，又把那該死妖人罵幾聲。想一想昨日跪門那件事，弄的我丟得喪幸好苦情。今日又是出你的鬼八卦，不過是混 四門想出城。那知道天網恢恢疏不漏，我看你身帶繩鎖有何能？總有那沉香木棍無處使，再休想手按瑤琴理絲桐。也不知那個真來那個假，及你個一刀斬盡不於盡。吩咐聲堂下聽差刀斧手，「有有有」「你與我各按人頭齊動刑。」

話說刀斧手不敢怠慢，一齊開刀，刊倒在地，卻是四個紙人。

鼓詞的演唱，最初只配以鼓和簡板，後來漸漸演進，除了這兩種樂器以外，又配上一種弦索樂器，於是更加有聲有色了。它在名稱上稱之為「大鼓」。這一形式最早流行於山東，由於他們都用所謂「花梨拍板」，所以稱之為「梨花大鼓」。「大鼓」傳至北京，便有所謂「京音大鼓」；在奉天便叫「奉天大鼓」；還有什麼「樂亭大鼓」、「天津大鼓」……等。這無非是隨地域而分的，在性質上沒有什麼兩樣。

由於事實的需要，說唱的技術，較前有著極大的進步，在腔調上野花樣翻新了。至於文字方面，也有顯著的改善，文句長短自如，不用呆板的韻，可說活潑流暢多了。加以唱時抑揚頓挫，形容盡致，頗能博得聽衆的喝采。且擧以下兩段爲例：

戰長沙關羽見黃忠的一段唱詞：

關公勒馬看分明，見長沙府衆三軍撒隊列西東。盔亮明甲人人勇，劍戟刀鎗放光明。甲葉鑾鈴聲振耳，在紅旗的角下，閃出了湖南黃漢升。只見他，風擺胸前白鬚動，蒼眉直立瞪雙睛。面如古月精神滿，雖然年邁甚梟雄。鳳翅盔，硃纓罩，麒麟鎧，玉玲瓏。大紅袍，花千朵，攢珠帶，束腰中。龍角弓，箭鵰翎，他的虎頭靴把鐙登，黃鏢馬，急如電，金背刀，半潭冰。老爺看罷將頭點，暗暗的誇獎不絕聲。可見漢室的洪福濶，埋沒了多少將英雄。我要收服了他，同把武陵去，我那大哥一定必要愛黃忠。

大西廂描寫崔鶯鶯害病的一段：

二八的俏佳人他懶梳妝，崔鶯鶯得了一點的病躺在了牙床。躺在了牙床上，半斜半臥，你說這個姑娘，他是眯歎歎，悶憂憂，茶不思，飯不想。孤孤單單，冷冷清清，困困勞勞、淒淒凉凉。獨自一個人，悶坐香閨，低頭不語，默默無言，腰兒瘦損，乜斜她的杏眼，手兒托着她的腮幫。你要問這個鶯鶯得的本是什麽樣的病，忽然間我想起了那位秀士叫張郎。「我就想張生，想得我呀，一頓也吃不下去半碗飯。盼張郎，兩頓也喝不下去一碗湯。湯不湯來呀，那是奴家的飯，你瞧餓得我前心貼住了後腔。」他們誰見過，十七八歲的這個大姑娘，走着道兒，拄着拐棍。你說這個姐兒要離開拐棍呀，手兒就得扶牆。「强打着我的精神哪，我才走了幾步。啊喲，可不好了，大紅緞子繡花鞋底兒怎會當了幫！」

我們看了以上兩段的描寫，便知道這類唱詞的文字實在不壞，它受着廣大羣衆的無限歡迎，在文學上自然有它的地位與價值。

第十二章　中國文學的新局面

第一節　舊時代的終結

自先秦至清末，數千年來的中國文學，任你站在何種角度去觀察，它總是離不開故道，留戀在一個封建的古典文學範疇裏。這原因，是由於中國社會長久的停滯在慢慢長夜的農業經濟與封建政治的環境裏，歷代改朝換帝，總是換湯不換藥，社會結構永沒有突變的發展的緣故。儘管文學也隨着時代環境不同的影響，而有所更替和轉變，但轉變的速度很遲緩，從來沒有過特殊的表現。這就是中國舊文學演進的特性。

雖然在三千餘年漫長的年代裏，中國文學的大勢，都操縱在古典的貴族文學的勢力下；加以歷代帝王由於政治上的需要，特別提倡這類舊文學，想出「學優則仕」的方法，鼓勵民間研究古文。然而，平民的文學，却並不因此而被消滅，仍然不聲不響的繼續發展著。漢、魏、六朝美妙生動的「樂府」，受着大衆的歡迎，木蘭辭和孔雀東南飛人人愛讀，因爲它們完全是用白話寫成，平易通俗，人人能懂的緣故。陶淵明的田園詩，用俚俗的文字，作最樸素自然的描寫，所以博得普遍的欣賞。唐代的詩，格律極嚴，非一般人所瞭解，可是元稹、白居易的白話詩，能風行於世。到了詞的時代，五代李後主等的白話詞，北宋柳永、歐陽修、黃庭堅以及南宋辛棄疾一派的白話作品，都象徵着文學上的進步，朝着以大衆爲目標的方向發展。然而這一股一股的文學改革的力量，却常被封建頑固的復古勢力所制壓。明、清兩代的五百多年間，章回小說是文學上最具價值，也最為大眾所歡迎的作品，可是不為一般文人所注意。詩和散文等所謂正統文學，都帶著濃厚的復古色彩。雖然通俗小說在廣大群眾的心目中極具潛力，幾部文學上不朽的傑作如：水滸傳、金瓶梅、西遊記、紅樓夢、儒林外史等，相繼風行於世；同時更多的民間通俗文學漸漸興起。但是時代是封建的，這些產品，卻從不被人所重視。以清代的詩詞來說，在文學史上是復盛時代，而散駢文也正極盛一時，文壇仍然為古典的勢力所壟斷。

但是時代是進步的，大千世界受著物質文明創造的影響，而文化突飛猛進。中國古老的封建社會，亦因民主思潮的沖激，而起了巨大的波動，使中國固有的社會觀念體系，不能仍照故道常規演進了。中國文學也是如此，以正統派的文學而論，如駢散文與詩詞等，在清代是極盛的，可是到了清末卻衰落到極點。趙翼（一七二七——一八一四）論詩說：「滿眼生機轉化鈞，天工人巧日爭新。預支五百年新意，到了千年又覺陳。」「李杜詩篇萬口傳，至今已覺不新鮮。江山代有才人出，各領風騷數百年。」我們只要看清末至民國初年，一般號稱名家的苦心孤詣作出來的詩詞文章，竟無法跟幾位既無聲望又無地位的人隨意寫出的官場現形記、二十年目睹之怪現象、老殘遊記、孽海花等相比；而梁啟超所作的平易暢達自由奔放的散文，竟把稱霸百年的文學界正宗桐城派的文章壓倒了。由此可知，古文詩詞的命運，早已危殆了。這時即使是李、杜復生，如果他們還是照舊作那樣的詩，也決不能挽回舊文學的頹運於萬一的。

到了公元一九一一年，中國在政治上起了一個大變動，這年十月十日武昌起義的辛亥革命爆發了，它是中國歷史上劃時代的大事，推翻了帝制，改造了共和，這一轉變，給中國文學帶來了新生。雖然民國初年一般舊文人，如王闓運、吳汝綸、章炳麟等以古文著稱於時，陳衍、陳三立、樊樊山等以詩歌著稱於時，王鵬運、況周頤、朱祖謀等以詞著稱於時；然而無論他們的作品是如何精工，無論他們的苦心模擬是如何得古人的神髓，那種機械似的作品，却是無人問津了。舊的時代終結了，舊的文學已經跟着舊的時代漸次的沒落下去，一股新的潮流在無形中激盪着，大家都在渴望着新趨向的來臨。

第二節　新文學運動

中國新文學運動的序幕，開始於淸末光、宣之際。那時由於士大夫們吸收了些西洋文化，於是便有「詩界革命」與「小說界革命」的提倡。然而所謂「詩界革命」，只不過是在詩裏用上點兒新的名詞，却缺乏「新的意境」與「新的理想」。梁啓超在飮冰室詩話中，就曾主張新的詩除了「新名詞」以外，必須要有「新意境」與「新理想」。至於「小說界革命」之說，見於梁啓超的論小說與羣治之關係一文，他以爲小說有四種力量：一是「熏」，二是「浸」，三是「刺」，四是「提」。因爲「小說有不可思議之力」，所以無論你「欲新一國之民」，或「欲新道德」，「欲新宗敎」，「欲新政治」，「欲新風俗」，「欲新學藝」，以至於「欲新人心」，「欲新人格」，你必須「先新小說」。他的結論是：「故今日欲改良羣治，必自小說界革命始」。於是他創辦新小說雜誌，一面翻譯外國小說，一面刋登他自己作的新中國未來記等。不久，商務印書館也發行了繡像小說雜誌。詩界與小說界革命的鼓吹，雖未能使文學史因而變色，但是新文學運動的序幕却由此揭開了。

新文學運動的正式發動，始於民國六年（一九一七），這年一月，胡適在新靑年雜誌上發表了一篇文學改良芻議，是爲文學革命運動的第一聲。他這一篇的要點是：

文學者，隨時代而變遷者也。一時代有一時代之文學，……因時進化，不能自止。唐人不當作商、周之詩，宋人不當作相如、子雲之賦——即令作之亦必不工。逆天背時，違進化之跡，故不能工也。……

以今世歷史進化之眼光觀之，則白話文學之爲中國文學之正宗，又爲將來文學必用之利器，可斷言也。……

文學改良芻議除主張以白話文代替文言文以外，並提出改良舊文學缺點的「八不主義」：

一、不做「言之無物」的文字。
二、不做「無病呻吟」的文字。
三、不用典。
四、不用套語爛調。
五、不重對偶——文須廢駢，詩須廢律。
六、不做不合文法的文字。
七、不摹倣古人。
八、不避俗語俗字。

這個運動的基本理論，是文學的歷史進化觀念。胡適隨即發表了一篇歷史的文學進化觀念論，他說：

居今日而言文學改良，當注重「歷史的文學觀念」。一言以蔽之，曰：一時代有一時代之文學。此時代與彼時代之間，雖皆有承前啓後之關係，而決不容完全鈔襲；其完全鈔襲者，決不成爲眞文學。愚惟深信此理，故以爲古人已造古人之文學，今人當造今人之文學。……縱觀古今文學變遷之趨勢，……白話文學，自宋以來，雖見屛於古文家，而終一線相承，至今不絕。……豈不以此爲吾國文學趨勢自然如此，故不可禁遏而日以昌大耶？……吾輩之攻古文家，正以其不明文學之趨勢，而强欲作一千年二千年以上之文。此說不破，則白話之文學無有列爲文學正宗之日，而世之文人將猶鄙薄之，以爲小道邪徑而不肯以全力經營造作之。……夫不以全副精神造文學而望文學之發生，此猶不耕而求穫，不食而求飽也，亦終不可得矣。施耐菴、曹雪芹諸人所以能有成者，正賴其有特別毅力，能以全力爲之耳。

在這一篇裏，他詳細闡明「一時代有一時代之文學」，主張「古人已造古人之文學，今人當造今人之文學」；而所謂「今人之文學」，即是「白話之文學」。這還是消極的和平的改良論：文學革命的進行，最重要的急先鋒是胡適的朋友陳獨秀。陳獨秀接着文學改良芻議之後，發表了一篇激烈的文學革命論（民國六年二月），正式舉起「文學革命」的旗幟。他說：

余甘冒全國學究之敵，高張「文學革命軍」大旗，以爲吾友之聲援。旗上大書吾革命軍三大主義：

曰推倒雕琢的、阿諛的貴族文學；建設平易的、抒情的國民文學。

曰推倒陳腐的、鋪張的古典文學；建設新鮮的、立誠的寫實文學。

曰推倒迂晦的、艱澀的山林文學；建設明瞭的、通俗的社會文學。

民國七年四月，胡適又發表了一篇建設的文學革命論，很簡要的說明建設新文學的宗旨是：

國語的文學，文學的國語。

同時把「八不主義」改爲「四條主張」：

一是「要有話說，方才說話」。

二是「有什麼話，說什麼話；話怎麼說，就怎麼說」。

三是「要說我自己的話，別說別人的話」。

四是「什麼時代的人，說什麼時代的話」。

這一運動當時贊成的人實不在少數，北京大學幾個開明的教授，如錢玄同、劉復、周作人、沈尹默等人，都起而助胡、陳倡導國語的文學。至民國八年，新文學運動跟着北京學生的「五四運動」而擴大，而風靡一時。這時各地的學生團體裏，產生了無數內容全用白話的小報紙，又出了許多白話的新雜誌。有人估計，這一年之中，至少出了四百種白話報。雖然學生運動與新文學運動是兩件事，但是「五四運動」以後，國人漸漸覺悟到「思想革新」的重要，所以對於新的潮流，或採取歡迎的態度，或採取研究的態度，或採取容忍的態度，減少了懷疑和仇視的態度，使新文學運動得以自由發展，白話文的傳播於是一日千里，白話詩的作者也漸漸的多起來了。很迅速地便把根深蒂固的陳腐的古文學的勢力壓倒了。

新文學運動的反對者，也大有人在，前後有林紓、嚴復、梅光廸、胡先驌、章炳麟、章士釗等，他們都極力攻擊白話文學。林紓爲替古文保鏢，寫信給北京大學校長蔡元培，要求蔡元培「爲國民端其趨向」；然而他却沒有想到蔡元培也是傾向於新文學的主張的。

新文學運動終於成功了。成功的原因我們由陳獨秀的答適之論科學與人生觀一文裏，可以找出答案。他說：

常有人說：白話文的局面，是胡適之、陳獨秀一班人鬧出來的。其實這是我們的不虞之譽。中國近來產業發達，人口集中，白話文完全是應這個需要而發生而存在的。適之等若在三十年前提倡白話文，祇需章行嚴一篇文章便駁得煙消灰滅。此時章行嚴的崇論宏議有誰肯聽？

可知新文學運動之所以如此迅速的成功，一方面是由於胡適、陳獨秀諸人的極力倡導；另一方面則在於時代潮流的影響：一個產業逐漸發達，人口集中的社會，對於白話文的需要。所以一經有人倡導，立卽形成一股巨流，給中國文學增添了嶄新的光輝燦爛的史頁。

自從新文學運動成功以來，各方面的成就是非常可觀的。作家之多，作品之衆，任何時代都是比不了的，尤其在創作的數量上來說，實足令人驚異。起初的作者們，都是各人找尋各人的新路，卽在當時許多文學團體組織，亦因只是私人感情上的結合，其作風也無法統一。於是同時出現的有自然主義、浪漫主義、人道主義、唯美主義、新浪漫主義、新寫實主義、……，沒有一個可以支配文壇的中心。但後來經過慢慢演進，在文學上產生了一個共同的趨勢，就是作者們拋棄個人主義的立場，而求表現廣大羣衆的生活意識。時至今日，這一文學思潮仍在繼續不斷的進展着。

中華語文叢書

中國文學簡述

作　　者／谷世榮　著
主　　編／劉郁君
美術編輯／鍾　玟

出 版 者／中華書局
發 行 人／張敏君
行銷經理／王新君
地　　址／11494 台北市內湖區舊宗路二段181巷8號5樓
客服專線／02-8797-8396　　傳　真／02-8797-8909
網　　址／www.chunghwabook.com.tw
匯款帳號／兆豐國際商業銀行　東內湖分行
　　　　　067-09-036932　中華書局股份有限公司

法律顧問／安侯法律事務所
印刷公司／維中科技有限公司　海瑞印刷品有限公司
出版日期／2017年9月五版
版本備註／據1974年10月四版復刻重製
定　　價／NTD 250

國家圖書館出版品預行編目（CIP）資料

中國文學簡述 / 谷世榮著. -- 五版.-- 臺北市
: 中華書局, 2017.09
面 ; 公分. -- (中華語文叢書)
ISBN 978-986-94909-6-2(平裝)

1.中國文學史

820.9　　106013125

NO.H2001
ISBN 978-986-94909-6-2（平裝）

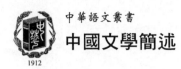